괴테의
『파우스트』
읽기

세창명저산책 101

괴테의
『파우스트』
읽기

초판 1쇄 인쇄 2023년 8월 1일
초판 1쇄 발행 2023년 8월 10일

–

지은이 안삼환
펴낸이 이방원
기획위원 원당희
책임편집 김명우   **책임디자인** 박혜옥
마케팅 최성수·김 준   **경영지원** 이병은

–

펴낸곳 세창미디어

신고번호 제2013-000003호   주소 03736 서울특별시 서대문구 경기대로 58 경기빌딩 602호

전화 02-723-8660   팩스 02-720-4579   이메일 edit@sechangpub.co.kr   홈페이지 http://www.sechangpub.co.kr

블로그 blog.naver.com/scpc1992   페이스북 fb.me/Sechangofficial   인스타그램 @sechang_official

–

ISBN 978-89-5586-770-1   02850

세창명저산책

괴테의
『파우스트』
읽기

JOHANN WOLFGANG VON GOETHE

101

Faust

안삼환 지음

세창미디어
MEDIA

책머리에

사람이 살다 보면, 언젠가는 독일이 낳은 세계적 시인 괴테에 관한 말을 듣게 되고, 그러다가 또 다른 어떤 경우에는 그의 작품 『파우스트』에 대해서도 듣게 된다. 그래서, 사람들은 이 작품에 대해 '한번 읽기는 읽어야겠다'는 마음을 갖게 되기도 한다.

그러다가 어느 날엔가 그 '어떤 사람'은 어느 우연한 좌중에서 또 『파우스트』 얘기를 듣게 된다. 드디어 그는 괴테의 『파우스트』라는 책을 구입한다.

그럼에도 그는 이 책을 조금 읽다가 그만두게 될 공산이 크다. 소설도 아니고 희곡인 데다, 대화가 운문으로 되어 있어서 처음부터 뭐가 뭔지 갈피가 잘 잡히지 않기 때문이다.

위와 같은 사연은 필자가 상상해 낸 이야기가 아니다. 필자가 독문학을 공부한 사람이라고 해서 많은 지인이나 처음

알게 된 사람들이 지나가는 말로 이와 비슷한 고백을 해 왔기 때문에, 이런 사정을 다소 일반화해서 얘기해 본 것이다.

사실, 괴테의 『파우스트』라는 책은 해변의 파라솔 밑에서 읽을 책은 아니다. 이 작품을 읽기 위해서는 다소의 시간과 마음의 여유가 필요하고, 어느 정도의 사전事前 지식이 있어야 작품에 보다 쉽게 접근할 수 있다.

하지만, 꼭 말하고 싶은 것은 이 책이 무슨 난공불락의 성城도 아니고, 그저 인간 세사를 상징적으로 보여 주는 한 편의 연극일 따름이라는 사실이다. 약간의 결심만 되어 있다면, 누구나 읽을 수 있는 책이기도 하다.

심지어는 성경처럼 읽어도 된다고, 반드시 처음부터 끝까지 죽 한꺼번에 읽지 않아도 된다고도 말하고 싶다. 조금 마음의 여유를 갖고서, 시간이 나는 대로 책의 어느 부분이든 펼쳐서 소리 내어 죽 한번 읽어 보다가, 잠이 오거나 지루하면 그만 덮어 두어도 좋을 것이다. 아마도 그는 얼마 지나지 않아, 어느 우연한 기회에 또다시 이 책을 손에 들게 될 것이다.

필자는 말하고 싶다. "성경과 비슷하게 생각하시면 됩니다. 내용이 그렇다는 게 아니고, 읽을 때 처음부터 시작해서

끝까지 독파하지 않아도 된다는 말씀이지요. 아무 장면부터 나 조금 읽으시다가 좋은 구절이 나오면, 그저 좋다고 여기시고 거기서 그만 책을 덮어 두셔도 될 것입니다. 다음에 또 읽으시면 되니까요. 다만, 어디 침대 머리맡이나 책상 위 잘 보이는 곳에 책을 놓아두면, 좋습니다. 잠깐 시간이 날 때, 소리 내어, 운문인 만큼 소리 내어, 읽고 싶으신 만큼만 읽어 보시다가, 그냥 성경처럼 다시 덮어 두면 됩니다. 이렇게 몇 번 읽으시다 보면 금방 작품에 친근감이 생기고, 차차 이 장면, 저 장면을 다시 찾아서 띄엄띄엄 읽으시게 될 것입니다. 1년쯤 뒤에는 『파우스트』를 읽으셨다고 말할 수 있을 정도는 될 것입니다."

다시 말하자면, 『파우스트』는 처음부터 끝까지 단번에 독파하려 하지 말고, 마음 가는 데부터 읽으면 된다. 예컨대, 파우스트가 「길거리」 장면에서 그레첸에게 처음으로 말을 거는 장면부터 읽다가 좀 지루해지면, 그냥 덮어 두었다가, 다음에는 또 작품의 맨 마지막 구절부터 한번 읽어 보는 것도 괜찮을 것이다.

필자가 하고 싶은 말은 너무 처음부터 주눅 들지 마시고

부디 가볍게 생각하시고 그냥 아무 데서나 마음 가는 부분부터 읽기 시작하시면 된다는 것이다.

지금부터 필자는 독자 여러분이 괴테의 『파우스트』라는 책을 마음 편하게 대하실 수 있도록 쉽게 안내해 드릴 것이다. 괴테가 비록 먼 나라 독일의 옛 천재 시인이긴 하지만 결국 그가 쓴 작품 『파우스트』도 인간 세사를 다룬 것이며 어떤 독자든 그가 지금 이 인간 세상에 살고 있는 한 나름대로 이 작품을 이해하지 못할 것도 없다는 말씀을 미리 드리고 싶다.

자, 그럼, 이제부터 괴테의 『파우스트』에 관한 이야기를 시작해 보기로 하겠다.

2023년 7월 4일
낙산 도동재(道東齋)에서
안삼환

차례

1장

『파우스트』, 왜 중요한가?

어느 독문학자가 ―즉, 독일의 한 국문학자가― 자기 자신에게 물었다. 만약 내일 이 지구가 멸망한다는 것을 미리 알고 자신이 단 하나의 소지품만을 갖고 이 지구를 탈출할 수 있다고 가정할 때, 그 자신이 과연 무엇을 갖고 이 지구를 떠날 것인가? 물 한 병? 한 덩어리의 빵?

그가 선택한 것은 괴테의 『파우스트』였다. 이 책 한 권에 문학의 온갖 형식이, 인류의 문화사가 다 들어 있는데, 이것을 두고 그가 어디에 가서 또 무엇을 새로 시작한단 말인가?

1980년대에 한국에 와서 처연한 표정으로 이렇게 『파우스트』란 작품을 설명해 주던 그 유명한 독문학자도 연전에 세상을 떠났다는 소문이다. 아무튼, 괴테의 『파우스트』를 두고 이렇게 말한 독일의 유명한 국문학자가 있었다는 사실이 중요하다. 아마도 그는 괴테의 『파우스트』에서 지금까지 이 지구 위에서 살아온 우리 인류의 모든 지혜가 이 작품 안에 담겨 있다고 생각한 것이리라.

필자는 지구가 멸망한다는 가정 같은 건 하지 않고 독자 여러분에게 그저 다음과 같은 말을 들어 본 적이 있으신지 묻고 싶다.

"인간은 노력하는 한, 방황한다."
Es irrt der Mensch, solang' er strebt.

괴테의 『파우스트』 제317시행詩行에 나오는 말인데, 인간은 누구나 길을 잃고 과오를 범하기 마련인데, 그것은 그가 그 어떤 이상을 달성하고자 끊임없이 노력하기 때문이라는 '하느님'의 말이다. 인간이 그 어떤 지향점을 바라보면서 노력하는 한에 있어서는 그의 방황, 그의 과오가 용서를 받을 수 있고,

그의 죄책이 '하느님'의 은총을 통해 구원 받을 수 있다는 의미이다.

독일인들의 어느 일상 대화에서 ―아니, 오늘날 우리 한국인의 대화에서도― 이 말이 언급되면, 대화의 상대방은 이 말이 발화된 상황에서 그 의미를 재빨리 이해하고, 그에 알맞은 대응을 하면 좋을 것이다.

> 교회는 위장이 튼튼해서
> 온갖 나라들을 다 삼켜도
> 아직 배탈 난 적이 없답니다.
> 친애하는 숙녀님들, 교회만이
> 부정한 재산을 소화해 낼 수 있습니다.

이것은 『파우스트』의 제2836-2840행에 나오는 대목이다. 여기서 그레첸과 그 어머니는 '수상한 습득물'이라며 장신구를 교회에 가져가는데, 실은 이 장신구는 파우스트가 악마 메피스토펠레스를 시켜 그레첸의 방에 몰래 갖다 둔 것이었다. 위의 인용문은 교회의 신부神父가 이를 기뻐하며 한 말이다. 독일인들이 일상 대화에서 "교회는 튼튼한 위장을 갖고 있다"고 말한다면, 그것은 중세 가톨릭 교회의 배금拜金주의를 풍자하는 괴테의 말임을 알고 있어야 올바른 대화가 가능할 것이다.

영원하고도 여성적인 것이
우리를 이끌어 올리는도다.

이것은 『파우스트』의 마지막 두 행(12110-12111행)으로서, '영광의 성모'의 은총과 성모님을 모시고 있는 '속죄하는 여인' 그레첸의 변함없는 사랑에 의하여 구원의 장場으로 고양되고 있는 죄인 파우스트의 길을 상징하고 있는 유명한 구절이다.

우리 인간 사회의 모든 장면 장면에서 얼마나 많이 인용되고, 원용되고, 차용되고, 때로는 남용되는 시구인가!

일상 대화에서, 『파우스트』에서 인용된 유명한 구절임을 알아듣지 못하고, 대응을 적절히 하지 못한다면, 어찌 지성인이라 할 수 있겠는가!

물론, 지성인이나 교양인 행세를 하기 위해서 『파우스트』가 중요한 것은 아니다. 『파우스트』를 읽다 보면, 인간 세사의 모든 경우에 합당한 대사가 저절로 생각날 수도 있다는 것이다. 인간 세사가 한 편의 연극이듯이, 희곡 작품 『파우스트』는 인간 세사의 모든 복잡한 상황을 모두 그 대사로써 표현해 내고 있다. 그래서 이 작품이 중요한 것이다.

2장

—

괴테 이전의 파우스트 소재

괴테가 『파우스트』를 쓰기 이전부터 이미 독일에서는 파우스트에 관한 여러 전설들이 있었다.

괴테의 『파우스트』의 주인공 파우스트는 하인리히 파우스트Heinrich Faust인데, 전설상의 파우스트는 요한 파우스트Johann Faust, 또는 게오르크 파우스트Georg Faust이다. 이렇게 세 례명도 다를 뿐만 아니라, 출생지나 활동한 도시는 더 잡다하고 다양하게 거론되고 있는데, 예컨대 15세기 말에 크니틀링엔Knittlingen에서, 또는 슈타우펜Staufen에서 마법사로 활동했다든가, 또는 16세기 초에 크라카우Krakau대학에서 마법과 점성술을 가르쳤다든가, 또는 1507년 경에 크로이츠나하Kreuznach에서 활동한 뛰어난 연금술사였다든가, 1513년에 에어푸르트Erfurt대학에서 호메로스 강의를 하면서 신화적 인물들을 학생들 앞에 현현시켜 보여 주었다는 등등 독일 각지에서 출몰한 여러 파우스트가 운위되고 있다.

그림1 『파우스트』의 소재가 된 요한 게오르크 파우스트Johann Georg Faust(ca. 1480-1541). 게오르크 자벨리쿠스Georg Sabellicus라고도 한다. 독일을 방랑한 연금술사로 알려져 있다.

심지어는 인쇄술을 이용하여 값싼 성경을 대량으로 찍어 낸 구텐베르크의 제자 푸스트Fûst → Faust가 파우스트 전설을 낳은 원래의 인물일 것이라고 추정하는 사람까지 있다. 중세 시대의 성경이라는 것은 양피지에 금박 및 은박의 각종 색도色圖와 특수 이니셜을 넣어 제작한 일종의 보물로서, 대형 교회, 추기경, 왕후장상王侯將相 등이 아니면 함부로 소유할 수 없는 대단히 값비싼 물건이었는데, 이것이 인쇄술을 통해 대량 유통되기 시작했으니, 푸스트가 일약 마술사 대접을 받을 만도 했다. 또는, 루터의 조수였던 필립 멜란히톤Philipp Melanchthon이 1525년에 포도주 통을 타고 라이프치히의 술집을 빠져나왔다는 소문이 널리 퍼져서, 라이프치히의 술집이 파우스트 전설의 주요 장소로 부상하기도 했으며, 후일 괴테도 그의 『파우스트』에다 라이프치히의 술집 장면을 넣기도 했다.

아무튼, 파우스트가 출생하고 활동한 것으로 추정되는 15세기 말과 16세기 초는 중세가 서서히 저물고, 근세의 과학이 싹트기 시작하는 큰 전환기로서, 연금술, 인쇄술, 그리고 의학과 화학에서의 각종 자연과학적 발견 등에 힘입어 파라첼주스Paracelsus 등 전설적 거인 및 기인들이 사람들의 입에 오르내리기 시작했다. 전통적 가톨릭 교회에서는 이런 이적異蹟의 인물들을 종교개혁가 루터와 더불어 악마와 사통邪通하는 마술적 인물로 낙인찍기 일쑤였다.

역사적으로 실재한 인물 요한 게오르크 파우스트 박사는 대개 1480년경에 태어나서 1541년경에 사망한 것으로 추정된다. 그가 보여 주었다고 주장되는 여러 마술적 기적이나 그의 엽기적인 죽음을 둘러싸고 파우스트 전설들이 생겨날 수 있었고, 이에 16세기 이래의 작가들도 파우스트의 인식욕, 권력욕 그리고 그의 '악마와의 계약'과 그에 따른 그의 여성 행각에 대해서 즐겨 이런 저런 이야기를 덧붙여 쓰게 되었다.

처음에는 파우스트가 갖가지 기적을 보여 주곤 하는 사기꾼이나 마술사로 서술되었지만, 차츰 신앙심과 과학적 인식 사이의 인간적 분열상이 파우스트 전설의 주된 테마로 되기 시작하더니, 나중에는 자신의 한계를 넘어서기 위해 노력하는 근대적 인간 파우스트가 주인공으로 등장하기도 했다.

제우스 신에게 도전장을 내밀었던 프로메테우스라든가 자신의 조각상에다 생명을 불어넣어 인간으로 만들고자 한 피그말리온적 예술가 등 고대의 신화적 인물과 결합한 파우스트가 등장하기도 하고, 때로는 중세연극에 자주 등장하는 '오만*lat. superbia, dt.* Hochmut이란 이름의 죄악의 알레고리라든가, 희대의 난봉꾼 돈 후안 등도 이런 파우스트 전설과 뒤섞여 나타나기도 했다.

이런 분위기 아래에서 프랑크푸르트의 출판업자 요한 슈피스Johann Spies가 1587년의 프랑크푸르트 도서전에 『요한 파우스트 박사의 이야기Historia von D. Johann Fausten』라는 민중본民衆本, Volksbuch(구텐베르크에 의해 인쇄술이 발명되자 민중교화를 위한 염가의 책이 대량 출판, 널리 보급되었는데, 당시 사람들은 이런 책을 민중본이라 불렀음)을 출품했다. 이 책이 큰 반향을 일으켜 금방 4종의 해적판이 나왔고, 이듬해에 슈피스는 재판을 찍었다.

이 '민중본 파우스트'는 전설적 요소를 띤 많은 일화를 포괄하고 있다. 여기서 파우스트는 대학에서 신학과 의학을 공부한 뒤에 마술을 업으로 삼고 악마와 교제하는 독신적瀆神的 마술사로 나오는데, 결국 파우스트는 악마와의 계약기간이 끝나자 악마에 의해 지옥에 떨어지게 된다. 저자 슈피스는 파우스트의 오만과 독신적 행동을 크게 부각시켜, 파우스트가 명부에서 헬레나를 불러내어 음란한 생활을 함으로써 미래를 내다볼 수 있는 아들을 낳는 등 큰 죄악을 저지르다가 결국 끔찍한 최후를 맞이하는 것을 보여 주었다. 이로써 슈피스는 독자들로 하여금 하느님을 두려워할 줄 아는 기독교적 삶을 살아가도록 권유하기까지 하고 있다. 출간 이듬해인 1588년부터 1611년 경까지 이 '민중본 파우스트'가 영어, 네덜란드어, 프랑스어, 체코어 등으로 번역되어 파우스트 이야기가 외국에까지 널리 전파되었다.

그리하여, 엘리자베스 시대의 시인 크리스토퍼 말로Christopher Marlowe(1564-1593)가 이 민중본 파우스트를 극본으로 개작했는데, 그것이 바로 『파우스트 박사의 비극적 이야기Tragicall History of Doctor Faustus』(1589)이다. 여기서 말로는 슈피스의 민중본에 나오는 여러 요소들을 거의 모두 받아들였지만, 파우스트라는 인물은 여기서 르네상스적 특성을 띠게 되었다. 즉, 이 파우스트는 감히 이 세계 위에 군림하는 힘을 갖기를 원하고, 신학과 그 내세 신앙을 경멸하면서 마술에 탐닉하고 악마와 교제한다. 그 역시 결국 지옥에 떨어지기는 하지만, 그는 더는 부정적인 인물만이 아니라 어느 정도 관중의 인간적 공감을 불러일으키는 최초의 긍정적 요소도 지닌 파우스트였다.

말로의 연극은 1600년 경에 영국의 순회공연단에 의해 독일로 역수입되었고, 곧 이어서 독일의 방랑 연극단이 이 연극을 공연하기도 했다. 하지만, 당시의 독일은 30년전쟁

Dreißigjähriger Krieg(1618-1648)으로 인하여 문화적으로 황폐화되어 있었기 때문에, 떠들썩한 시장 바닥의 임시 가설 극장에서 군중들의 호기심을 자극하는 희극적 '한스 부르스트Hans Wurst'와 같은 어릿광대역이 횡행하고 있었는데, 이런 불필요한 희극적 요소들이 『파우스트』 공연에도 첨가되어, 파우스트가 때로는 즉흥 무대의 어릿광대나 마술사 비슷한 인물로 격하, 변질되기도 했다.

1740년경 독일에 계몽주의 시대가 도래하자, 라이프치히 대학의 고췌트Johann Christoph Gottsched(1700-1766) 교수 등이 독일 연극에서 이런 한스 부르스트와 같은 어릿광대의 대사를 추방하고 코르네이유, 라신, 몰리에르 등 프랑스 고전극을 본받아야 함을 역설하고 나섰다. 연극에서 한스 부르스트를 추방한 것은 고췌트의 공로라 할 수 있었지만, 그가 지나치게 프랑스 고전극을 전범으로 삼아야 한다고 주장한 것은 독일인들에겐 아무래도 무리였다. 고췌트는 자신이 드라마를 창작해 가면서까지 모범 사례를 보이고자 했지만, 자신의 작품이 연극적 성공을 거두지는 못했다.

고췌트보다 한 세대 뒤에 등장한 독일 계몽주의 시대의 최고 희곡론자 및 극작가였던 레싱은 그의 유명한 『문학편지 제17 서한*Der 17. Literaturbrief*』에서 프랑스의 의(擬)고전주의적 연극은 독일 정신과는 완전히 이질적이라는 논지를 펴면서, 독일의 젊은 희곡 작가들이 모범으로 삼아야 할 모델은 영국의 셰익스피어라고 주장하고 나섰다. 볼테르가 아직도 유럽 문학을 이끌고 있고 베르사유적 연극이 아직도 유럽 전체의 연극 취향을 이끌고 있던 시기에 나온 이러한 레싱의 주장은 과감하고도 놀라웠을 뿐만 아니라, 그 끝에서 레싱은 셰익스피어의 필법으로 독일적 테마를 다룬, 자기 자신이 집필 중이던 희곡 『파우스트』 중의 한 장면을 소개했다. 여기서 레싱의 파우스트는 인식을 얻기 위해 노력하고 있는 르네상스적 인간으로 묘사되고 있다. 비록 레싱이 자신의 희곡 『파우스트』를 완성하지는 못했지만, 여기서 레싱이 그리고자 했던 계몽주의적 학자로서의 파우스트는 중세의 암흑으로부터 구원을 받아야 마땅한 긍정적 인물이었다.

3장

—

괴테와 인형극『파우스트』

바로 이 시점에 괴테라는 시인이 등장한다.

물론, '시인 괴테'가 바로 등장하는 것은 아직 아니고, 레싱이 긍정적 인물 파우스트에 대해 말했던 1759년, 괴테는 아직 10세 소년에 불과했다.

괴테는 아직 레싱이 말하고 있는 이러한 파우스트의 면모를 알지 못하고 있었고, 괴테가 레싱의『문학편지 제17 서한』을 실제로 읽게 된 것은 그로부터 27년이 지난 1786년으로 알려져 있다.

하지만, 괴테는 이미 4세이던 1753년 크리스마스에 친할

머니 코르넬리아가 선물로 마련해 준 인형극을 집에서 보게 되었고, 후일 그의 소설 『빌헬름 마이스터의 수업시대』에서 빌헬름이 마리아네에게 자신의 유년시절을 고백하고 있듯이, 괴테는 실제로 인형극의 대본들을 외워 가족과 친구들 앞에서 인형극을 여러 번 공연한 것으로 알려져 있다. 당시 말로의 『파우스트』가 영국의 유랑극단을 통해 독일로 역수입되어 있었고, 이를 바탕으로 한 인형극 『파우스트 박사』가 널리 유포되어 있었기 때문에, 괴테는 10세 무렵에 이미 인형극 『파우스트 박사』를 잘 알고 있었으리라 짐작되며, 그가 알게 된 파우스트는 슈피스의 권선징악의 대상으로부터는 조금 멀어져 있었다. 설령 그렇지 않았다 하더라도 적어도 다소 긍정적 파우스트의 모습이 이미 어느 정도 형성되지 않았을까 하는 추측이 가능하다.

아무튼, 여기서 중요한 것은 10세의 소년 괴테가 이미 파우스트라는 인물을 알고 있었고, 파우스트의 이야기가 하나의 '연극'으로 공연될 수 있다는 것을 당시 유포된 말로 풍의 인형극을 통해 경험하고 있었다는 사실이다.

4장

―

청년 괴테와 '폭풍우와 돌진'의 시대

요한 볼프강 폰 괴테Johann Wolfgang von Goethe는 1749년에 독일의 자유시 프랑크푸르트의 한 부유한 가정에서 태어났다. 그의 외조부가 프랑크푸르트의 시장이었으므로, 그는 귀족이 지배하고 있지 않고 시민계급이 지배하고 있는 '자유시' 프랑크푸르트에서는 귀족이나 다름없는 지배계층의 가정에서 태어났다고 할 수 있다. 그래서, 그는 당시에는 부유한 집안의 자녀들에게만 접근이 가능하던 인형극 공연을 집에서 볼 수 있었고, 어린 소년으로서 직접 인형들을 조종해 가면서 대사를 외우고 집안 사람들 앞에서 여러 작품들을 공연하기도 했다고 그의 자서전적 작품 『시와 진실Dichtung und Wahrheit』의 제1부, 제1권에서도 고백하고 있다.

그렇다고 해서, 괴테가 바로 자신의 작품 『파우스트』를 쓰게 된 것은 아니었다.

그림 2 요한 볼프강 폰 괴테Johann Wolfgang von Goethe(1749-1832)

5세부터 시를 쓰기 시작했다는 이 다재다능한 소년은 라틴어, 희랍어 등 고전어와 영어, 프랑스어, 이탈리아어, 네덜란드어, 러시아어 등 유럽의 현대어, 그림, 승마, 펜싱, 댄스 등등 모든 교육을 가정교사들을 통해 교습받았다.

16세가 되던 1766년에 그는 법학 공부를 하기 위해 당시 프랑스 풍의 문화를 자랑하던 대학도시 라이프치히로 떠났다. 프랑크푸르트 사투리와 살롱에서의 세련되지 못한 행동 때문에 곤란한 일도 더러 겪기는 했지만, 그는 라이프치히의 대학가와 살롱, 그리고 술집 등에서 차츰 인기를 끌게 되었고, 절제하지 못하고 방탕한 생활에 빠진 결과, 건강을 해쳐 라이프치히 유학 3년 째인 1768년에 프랑크푸르트의 집으로 되돌아온다.

이 2년 동안의 회복기에 괴테는 어머니의 친구이며 경건주의적 신앙인이었던 클레텐베르크 Susanna von Klettenberg 부인과의 교제를 통해 깊은 경건주의적 종교 체험을 하게 되는 한편, 파라첼주스 등 마술사 및 연금술사에 관한 서적들을 탐독한다. 종교적 체험은 후일 그의 소설 『빌헬름 마이스터의 수업시대』의 제6장 「아름다운 영혼의 고백」으로 승화되었고, 마술사와 연금술사에 관한 독서는 그의 『파우스트』를 위한 과학적 기초지식이 되었다.

다시 건강하고 활달한 기질의 청년으로 되돌아온 괴테는 1770년에 슈트라스부르크대학으로 가서 법학을 공부하게 되는데, 때마침 여행 중 안과 치료를 받기 위해 슈트라스부르크에 머물던 헤르더를 만난다. 헤르더와의 많은 대화 중에 괴테가 얻게 된 여러 아이디어와 지식이 바로 1770년대 초에 —계몽주의(1740-1785)의 한창 때에— 독일 문학에서만 일어난 특수한 문학운동이었던 '폭풍우와 돌진Sturm und Drang'(1770-1785)의 핵심 사상이 되었다.

'폭풍우와 돌진'은 계몽주의 사조의 큰 틀 안에서, 즉 합리주의와 이성을 존중하면서도, 그와 동시에 계몽주의의 권위주의적 경직된 사고와 전제군주의 정치적 억압에는 반기를 들고 일어난 매우 독일적인 특수 문학사조였고, 동시에 헤르더와 괴테의 만남을 계기로 슈트라스부르크에서 발원한 독일 청년들의 문학운동이었다. 헤르더와 괴테를 비롯하여 바그너, 렌츠, 프리드리히 쉴러 등이 일으킨 이 문학운동은 사상적으로는 장 자크 루소의 '사회계약설'에 영향을 받고 있어서, 정치적으로는 당시의 전제군주와 귀족의 지배 체제에 급진적으로 저항하는 운동이었다. 봉건적 전제군주 체제하의 정치적 음모와 간계에 희생되는 고귀한 인간을 그린 괴테의 희곡 『괴츠Götz』(1773)나 쉴러의 『도적들Die Räuber』(1781)』이 그런 작품이었다. 또한, 그들은 귀족계급이나 장교들의 노리개가 되다가 신분의 격차 때문에 희생되는 시민계급 출신의 순진한 처녀들의 비극을 작품화하기도 했는데, 괴테의 희곡 『파우스트 초고*Urfaust*』(1774), 렌츠*Jakob M. R. Lenz*의 희곡 『가정교사 *Der Hofmeister*』(1774), 바그너*Heinrich L. Wagner*의 희곡 『영아살해범 *Kindermörderin*』(1776) 등이 그런 예이다.

또한, 셰익스피어의 연극과 민요와 전설 등 구전 민속문학을 중시해야 한다고 주장한 헤르더의 영향을 많이 받은 이들 '폭풍우와 돌진'의 청년들은 대개 극작가들이었고, 셰익스피어의 연극을 본받아 즉흥적 대화와 폭발적인 감정을 선호하고, 시간, 장소, 사건 등 이른바 전통 드라마의 '3통일의 법칙'을 무시하면서 연극에서 수많은 장면의 나열을 선호하기 시작하였다.

'폭풍우와 돌진' 시대를 연 괴테의 드라마는 『괴츠』였다. 56개의 장면으로 되어 있는 이 셰익스피어적 드라마는 16세기의 마지막 기사 괴츠의 고귀성과, 당시 궁정 세계의 음모와 간계에 찌든 권력자들을 대비시키고 있다.

이 시기에 나온 괴테의 서정시 『제젠하임의 노래들*Sesen-*

heimer Lieder』에서도 '폭풍우와 돌진'의 사조적 특징들이 많이 나타나 있는데, 아름다운 자연 풍경과 그 안에서 피어나는 인간의 순수한 사랑을 읊은 체험시가 그 특징이라 할 수 있다.

그러나, '폭풍우와 돌진'의 사조적 특징들이 가장 현저하게 나타나 있는 괴테의 작품은 그의 편지소설 『젊은 베르터의 괴로움*Die Leiden des jungen Werthers*』(1774)이다. 베르터의 편지들에서 표현되고 있는 그의 자연 예찬 및 자연법 사상, 그리고 자유에 대한 그의 갈망, 로테에 대한 그의 한없는 사랑의 표현, 기성 사회의 경직된 윤리와 귀족 계급의 편협한 사고에 대한 베르터의 본능적 반항 등등이, 그리고 무엇보다도 자연스럽게 용출涌出하는 그의 순수한 언어가, 모두 '폭풍우와 돌진'의 사조적 특징들 그 자체이다.

5장

—

『파우스트 초고』

자, 그러면, 이제 드디어 괴테의 작품 『파우스트』로 넘어가 보기로 하자.

하지만, 우선 괴테의 작품 『파우스트』가 나온 연대를 말하는 것조차도 간단하지 않다.

『파우스트. 한 단상斷想』이 나온 것은 1790년이다. 『파우스트』 제1부는 1808년에 나왔다. 『파우스트』 제2부는 괴테가 사망하기 1년 전인 1831년에 완성되었고, 그가 사망하는 1832년에 출간되었다. 따라서 『파우스트』란 작품이 완간된 연도는 1832년이다.

그러나, 괴테 사후 수십 년이 지나서, 괴히하우젠Louise von Göchhausen이라는 바이마르의 한 궁중 여성이 괴테의 낭독 원고를 베낀 필사본(1776년에서 1786년 사이에 필사한 것으로 추측됨), 즉 『파우스트 초고Urfaust』가 발견되고, 이것이 당시의 독문학자 에리히 슈미트 교수에 의해 1887년에 출간되었다. 이 『파우스트 초고』는 괴테가 1773년에서 1775년 사이에 프랑크푸르트에서 집필한 것으로 추정되고 있으며, 그가 바이마르로 초빙되었을 때 원고를 바이마르로 갖고 와서 바이마르 궁중에서 여러 번 작품낭독회를 했던 것까지는 세상에 알려져 있었다. 그러나, 괴테가 폐기해 버린 그 『파우스트 초고』가 필사본의 형태로 1887년에야 다시 세상의 빛을 보게 된 것이었다.

결국, 괴테가 이 『파우스트』란 작품을 쓰기 시작해서 완성하기까지는 ─작업이 중단된 시절까지 포함하여─ 무려 60년 가까운 세월이 걸린 것을 알 수 있다. 우리가 『파우스트』를 괴테의 대표작인 동시에 그의 '필생의 작품'이라고 칭하는 이유가 바로 여기에 있다.

자, 그러면 이제 『파우스트 초고』부터 살펴보기로 하자.

괴테의 『파우스트 초고』는 —후일의 완성된 『파우스트』 가 공연을 전제로 한 희곡이라기보다는 거의 '읽기 위한 드라 마Lesedrama'의 성격을 띠고 있는 데에 반하여— 그래도 공연 을 전제로 하고 쓴 희곡 작품의 일부로 보인다. 그 시대적 배 경은 『괴츠』와 마찬가지로 16세기이다. 그 언어를 보면, 운문 1441행과 3개 산문 텍스트 장면의 뒤섞임을 보여 줌으로써, 셰익스피어의 영향을 받은 '폭풍우와 돌진' 시대의 작품임이 드러난다.

그 내용으로 보더라도, '폭풍우와 돌진'의 문학에 자주 등 장하는 '영아살해범'의 모티프, 즉 '그레첸 비극'이 그 근간을 이루고 있다. 시민계급 출신의 소박한 아가씨 그레첸이 좋은 집안 출신의 도령으로 보이는 청년 파우스트를 사랑하지만, 곧 버림을 받고 치욕의 아기를 낳고는 영아살해범으로 감옥 에 갇히고 사형을 당한다는 이야기이다.

『파우스트 초고』는 완성된 『파우스트』의 354-605행에 해 당하는 「밤Nacht」이란 장면부터 시작된다. 그 앞에 나오는 「헌 사」, 「극장에서의 서설」 그리고 「천상에서의 서막」은 『파우스 트 초고』에는 아직 없다. 우선, 「밤」의 장면부터 살펴보기로 하겠다.

파우스트

아, 지금까지 나는

철학, 법학, 의학을,

그리고 유감스럽게도 신학까지도,

뜨거운 노력을 기울여 철저히 공부했다.

그런데 여기에 서 있는 이 나는 가련한 바보,

전보다 똑똑해진 것 전혀 없구나!

석사에다 박사 칭호까지 달고서

학생들의 코를 위아래로 비틀며

이리저리 끌고 다녔을 뿐

우리 인간이 아무것도 아는 게 없다는 사실만

알겠구나!

이에 이 내 가슴 정말 타버릴 것만 같네.

[……]

그 때문에 나는 마법에 몰두하였다.

정령의 힘과 입을 빌려

많은 비밀을 알 수 있을까 해서였다.

그렇게 되면, 더는 비지땀 흘려 가며

나도 모르는 소릴 지껄이지 않아도 되고,

이 세계의 내밀한 핵심을 틀어쥐고 있는 게 무엇인

지도

인식하게 될 테니 말이다.

(354-383행)

파우스트의 이 독백은 여러 학문 분야에서 연구해 온 학자 파우스트가 인식의 한계에 부딪혀 절망에 빠진 상황을 말하고 있는데, 이른바 '학자 비극'의 단초端初이다. 슈피스의 민중본 『파우스트』에서 갖가지 욕망에 사로잡혀 악마와 결탁했다가 응분의 벌을 받아 지옥에 떨어지는 죄인 파우스트와는 달리, 괴테의 파우스트는 인식을 추구하는 르네상스적 학자 파우스트로 변모해 있다. 그의 절망은 "우리 인간이 아무것도 아는 게 없다는 사실"을 아는 데에서 출발하고 있으며, 그 때문에 그는 "이 세계의 내밀한 핵심을 틀어쥐고 있는 게 무엇인지" 인식하고자 한다.

완성된 『파우스트』에서라면, 「부활절의 산책」, 「악마 메피스토펠레스와의 계약」, 「마녀의 부엌」 등 여러 장면들이 잇달아 나옴으로써, 파우스트가 '악마와의 계약'을 통해 '마녀의 부엌'에서 회춘을 한 연후에 「길거리」에서 그레첸을 만나게 되기까지가 논리적으로 잘 연결될 수 있겠지만, 『파우스트 초고』에서는 아직 그런 중간 단계들이 결여된 채 그냥 그레첸 비극으로 넘어가고 있다.

『파우스트 초고』에서도 그레첸 비극은 이미 거의 다 스케치되어 있는데, 다만, 마지막의 「감옥」 장면은 완성된 작품과 큰 차이를 보이고 있다.

메피스토펠레스 (나타난다.)
　출발해야 해! 그렇지 않으면, 살 가망이 없어! 내 말 馬들이 공포에 떨고 있어. 아침이 밝아 온다.

마르가레테
　저, 저 사람! 저 사람 안 돼요! 저 사람 보내세요! 저 사람이 나를 잡으려 해요! 아니, 안 돼요! 하느님의 심판을 받을래요! 하느님, 저는 당신에게 귀의합니다.

저를 구해 주세요! 다시는, 두 번 다시는 못 보겠네요.
영원히 잘 살아요! 하인리히, 영원히!

파우스트 (그녀를 끌어안으면서)

　난 당신을 여기에 그냥 두지 않을 거야!

마르가레테

　성스러운 천사들이여! 내 영혼을 지켜주소서! 당신
이 무서워요, 하인리히!

메피스토펠레스

　그녀는 심판을 받았다! (그가 파우스트와 함께 사라지고,
문이 철컥 하고 닫힌다.)

　(메아리치는 소리가 들린다.) 하인리히! 하인리히!

　여기 『파우스트 초고』에서는 메피스토펠레스가 그레첸은
"심판을 받았다!"고 하고 있는 데에 반하여, 『파우스트』 제1부
의 마지막 부분에서는 "구원을 받았노라!"라는 '위로부터의 목
소리'가 들려온다. 말하자면, 하느님이 그레첸의 영혼을 구원
해 준다는 이른바 '구원의 모티프'가 첨가된 것이다.

　이상에서 『파우스트 초고』를 대강 고찰해 보았는데, '파우

스트 초고*Urfaust*'라는 명칭이 다소 문제가 있음을 지적하지 않을 수 없다. '초고'라 하면, 거기에 어떤 작품의 윤곽이 거의 다 보여야 하는데, 이 『파우스트 초고』에는 아직까지도 드라마 전체의 구조가 잘 드러나 있지 않다. 이것은 번역의 문제가 아니라, 이것을 '원原파우스트*Urfaust*'라고 지칭한 것은 아마도 1887년에 그 원고를 뒤늦게나마 발견한 첫 독일인 연구자들의 '감격의 소산'이라고도 하겠다. 오늘날의 안목에서 말한다면, 『파우스트 드라마'를 위한 스케치들*Skizzen für das Faust-Drama*』 정도로 명명하는 것이 더 옳았을 듯하다.

6장

—

『파우스트. 한 단상』

　『파우스트 초고』는 문학사적으로 볼 때에는 '폭풍우와 돌진' 시대의 작품이다. 형식으로 보더라도 여러 장면들이 나열되는 셰익스피어적 희곡이고, 내용으로 보더라도 중세에서 근대로 넘어올 때의 연금술 등 갖가지 근대 과학적 지식의 태동기를 맞이하여 지식욕 및 인식욕에 불타는 르네상스적 학자의 비극을 다루고 있다는 점에서, 그리고, '영아살해범'에 대한 과도한 징벌에 대한 비판을 포함하는 '그레첸 비극'을 다루고 있다는 점에서도 영락없는 '폭풍우와 돌진' 시대의 테마이다.

괴테는 이『파우스트 초고』를 이탈리아 여행 때에 갖고 갔으나, 거기서는『에그몬트』와『타우리스 섬에서의 이피게니에』라는 두 희곡을 완성했을 뿐,『파우스트 초고』를 완성해 내지는 못했다. 거기에는 여러 가지 원인이 있었겠지만, 이제 막 남국의 땅에 도착하여 자연과 인간 세사에 대해 보다 조화로운 시각을 확보하기 시작한 괴테로서는 '폭풍우와 돌진' 시대의 산물인 이 작품을 완성하기에는 아직, 보다 더 면밀한 성찰이 필요했던 것 같다.

이를테면, '학자 비극'에서 절망한 파우스트가 메피스토펠레스를 만나 '그레첸 비극'으로 넘어갈 때의 나이가 50세 정도라고 한다면 50세의 파우스트가 스물도 채 안 된 아가씨 그레첸과 뜨거운 사랑에 빠질 수 있을 것인가, 그리고 그 애정관계가 독자나 관객들이 보기에 설득력이 있을 것인가 하는 문제점이 대두되었음 직하다. 그리고, 파우스트와 메피스토펠레스는 말하자면 '소우주'와 '대우주'를 인식하기 위해 함께 여행중인 '방랑자들'인데, 파우스트가 그레첸과 육체적 관계에 빠질 때, '정착민'이 아닌 파우스트는 필연적으로 그레첸을 버리고 떠나야 한다. 이런 '죄책의 문제'에 대한, 보다 면밀한 성찰도 필요했음 직하다.

그래서, 괴테는 이탈리아 여행 중이었던 1788년에 「마녀의 부엌」과 「숲과 동굴」이라는 두 장면을 더 쓴 것으로 보인다. '마녀의 부엌'에서 파우스트가 '회춘의 묘약'을 마심으로써 그가 30년쯤 더 젊어질 수 있었던 것이다. 또한, 「숲과 황야」(나중에 『파우스트 제1부』에서는 「숲과 동굴」로 개칭되었다.)라는 장면을 통해서는 그레첸에 대한 순수한 사랑과 그녀를 범하지 않을 수 없는 관능적 욕망 사이에서 고민하는 자연의 아들 파우스트를 보여 줄 필요가 있었을 것으로 보인다.

아무튼, 『파우스트 초고』에다 이 두 장면이 더 추가되고, 『파우스트 초고』의 마지막 장 「감옥」이 빠진 『파우스트. 한 단상』이 1790년에 출간되었는데, 이 '단상'은 '폭풍우와 돌진'과 '고전주의' 사이의 어중간한 위치에서 아직 나아갈 방향이 확정되지 않은 작품 『파우스트』의 한 중간 단계만을 보여 주고 있을 뿐이다.

7장

—

『파우스트. 한 편의 비극』(1808)

『파우스트. 한 단상』(1790)은 『파우스트 초고』(1773-1775)의 '폭풍우와 돌진'적인 경향을 어느 정도 극복하고 곧 40세가 되는 괴테의 그동안의 문학적 성숙 과정, 즉 이탈리아 여행을 전후한 괴테의 고전주의적 변모 과정을 상당히 반영하고 있기는 하다.

하지만, 괴테는 아직도 이 『파우스트』라는 작품을 어떻게 끌고 갈 것인지 그 방향과 목적지를 확실히 알지는 못했다. 나중에 괴테 자신이나 그의 연구자들이 붙인 작품 이름 『파우스트. 제1부』가 나올 때까지, 즉 우선은 『파우스트. 한 편의 비극』(1808)이란 이름의 작품이 나올 때까지는 아직도 18년이란 긴 시간이 더 필요했다.

그림 3 1808년에 출간된 괴테 『파우스트』 초판 표지 ⓒ Wikimedia: Foto H.-P.Haack

이 18년이란 기간 중에 괴테의 주변에는 실로 많은 일이 일어났지만, 여기서 반드시 언급되어야 할 사항이 하나 있는데, 그것은 괴테와 프리드리히 쉴러의 우정이다. 괴테는 쉴러가 1789년에 예나대학 교수로 초빙되는 데에 도움을 주기는 했다. 그러나, 이미 고전주의로의 이행 과정에 들어가 있던 괴테로서는 자기보다 열 살이나 연하이자 『도적들』의 시인인 쉴러가 처음에는 다소 부담스러운 존재였는지 가능한 한 피했던 것 같다. 하지만, 그동안 쉴러도 칸트 철학과 역사학에 몰두함으로써 —괴테와는 다른 경로를 거쳐— 차츰 '폭풍우와 돌진' 시대에서 벗어나기 시작하고 있었기 때문에, 그들 둘 사이에는 우정이 싹트기 시작했다.

두 사람의 우정 중 『파우스트』와 관련해서 특히 중요한 것은 쉴러가 1794년 11월 29일 자 괴테에게 보낸 편지에서, 자기가 읽은 『파우스트』는 "헤르쿨레스의 토르소"에 불과하기 때문에 『파우스트』 중의 미발표 단편斷片들을 한번 읽어 보고 싶다는 소망을 표했다는 사실이다. 이에 대해 괴테는 1794년 12월 2일 자 답신에서 이 작품을 다시 쓸 "용기"를 내지 못하고 있다고만 말하고는 여러 해 동안 이 문제에 대해서는 침묵을 견지했다. 물론, 그 사이에 쉴러는 괴테에게 중단되어 있던 소설 『빌헬름 마이스터의 수업시대』를 계속 집필할 것을 권하는 등 여러 우정 어린 충고를 해 줌으로써, 두 시인의 우정과 협업이 무척 순조로이 진행되고 있었다. 1796년에 괴테는 쉴러의 충고에 힘입어 『빌헬름 마이스터의 수업시대』를 완성해서 출간하는 등 생산적인 시기를 맞이하게 된다. 그래서,

1797년 6월 22일 자 편지에서 괴테는 뜻밖에도 쉴러에게, 자신이 지금까지 써 놓은 『파우스트』를 해체시켜 다시 쓰고자 하니, "진정한 예언자"로서 부디 "나 자신의 꿈"을 다시 "나에게 이야기해 주고 해석해 주면 고맙겠다"는 부탁을 한다.

쉴러의 충고는 문학적 상상력이 풍부한 여러 잡다한 장면들을 하나의 철학적 이념에 종속시키려는 노력이 요청된다는 것이었다. 물론, 괴테는 쉴러의 이러한 충고를 다 받아들인 것은 아니었지만, 잡다하게 산재해 있는 『파우스트』의 단편들을 자기 나름대로 정리하기 시작했다.

단편적 장면들을 이렇게 정리하고 배열해 나가면서 괴테가 염두에 둔 방법은 아마도 그가 이켄Carl Jakob Ludwig Iken에게 보낸 1827년 9월 27일 자 편지에서 말하고 있는 '반복적 투영wiederholte Spiegelung'이 아니었을까 싶다. 여기서 괴테는 "우리가 경험한 많은 일은 온전히 표현되지도 않고 직접 전달될 수도 없기 때문에, 나는 오래 전부터 서로 마주 보게 세워 둔 형상들이 여러 개의 거울 속에 반복적으로 투영됨으로써 주의 깊은 관찰자에게 그 비밀스러운 의미가 계시되도록 하는 방법을 선택해 왔습니다."라고 말하고 있는데, 이것은 그의 광학적光學的 지식에서 유래하는 설명이긴 하지만, 『파우스트』나 『빌헬름 마이스터의 편력시대』와 같은 괴테의 후기 작품들의 복잡한 구조를 이해하는 데에 대단히 중요한 열쇠가 되는 괴테 자신의 말이다.

8장

—

세 편의 서막

1808년에 나온 괴테의 『파우스트. 한 편의 비극』 역시 이런 '반복적 투영'의 산물로 이해하는 것이 좋을 듯하다.

이를테면, 『파우스트 초고』에서부터 있던 「밤」의 장면이 나오기 이전에 괴테는 그동안에 그가 틈틈이 써 온 「헌시」(1797년 6월 24일 집필), 「극장에서의 서설」(1802년 집필), 「천상에서의 서막」(1800년 이후 집필로 추정) 등 세 편의 '서막序幕, Vorspiele'을 배치한다.

우선, 「헌시」부터 살펴보자면, 시인이 25년 전, 이 작품을 처음 시작할 무렵에 알고 지냈으나 지금은 세상을 떠났거나

뿔뿔이 흩어져 버린 영혼들을 불러내어 회상하는 일종의 '초혼招魂'이며, 그 불러낸 영혼들에 바치는 헌시이다. 또한, 이 초혼시는, 다른 한편으로 생각할 때, 괴테가 그 영혼들과 자기 자신과의 관계를 독자(관객)에게 보여 줌으로써 결국 독자[관객]에게 바치는 시인의 헌시가 되기도 한다. 하지만, 이 시가 작품『파우스트』의 테마와 직결되는 것은 아니고, 일단은 어디까지나 시인의 사적인 감회를 머리말 비슷하게 술회하고 있는 것이다. 물론, 이 헌시가 이 자리에 있음으로써 작품『파우스트』전편全篇이 나름대로 하나의 통일체로 묶여져 보이기도 하는 것이다.

「극장에서의 서설」 역시『파우스트』라는 테마와 직결되는 것은 아니고, 작품의 공연을 앞두고, 시인과 극장장, 그리고 어릿광대 등 3인이 드라마에 대한 서로 다른 자신의 입장을 보여 주고 있다. 극장장은 관객이 꽉 차는 것을 원하지만, 시인은 "후세에도 살아남을" "참된 작품"을 원할 따름이다. 그러나, 어릿광대는 '후세'보다는 지금 이 세상 사람들을 기쁘게 해 주고 싶다고 말한다. 시인은 쉴러와 같은 이상주의자이고 어릿광대는 철저한 현실주의자이며, 극장장은 그 중간쯤의

자세로 말한다.

> 그러니, 이 좁은 가설극장 안에서
> 창조의 원형 세계를 마음껏 활보해들 보게!
> 그리고, 신중하고도 빠른 걸음걸이로
> 천국에서부터 이 세상을 거쳐 지옥으로까지 가 보게나!
>
> (239-242행)

그래서, 「천상에서의 서막」이 뒤따른다.

여기서는 하느님과 악마 메피스토펠레스가 내기를 하는 장면이 가장 중요하다.

주님

파우스트를 알고 있느냐?

메피스토펠레스

그 박사 말인가요?

주님

내 종이니라.

[……]

그가 지금은 비록 혼란해 하면서 날 섬기고 있지만,

내 곧 그를 밝음으로 인도할 것이니라.

나무가 초록색을 띠면, 정원사는 알지,

꽃이 피고 열매가 열리는 아름다운 미래가 오리라

는 것을!

메피스토펠레스

내기를 하자는 말씀입니까? 지실 텐데요?

그를 내 길로 살그머니 데려와도 좋다는

허락만 해 주신다면!

주님

그가 지상에 살고 있는 한

네게 그걸 금지하진 않겠다.

인간은 노력하는 한, 방황한다.

(298-317행)

「욥기」에서의 하느님과 욥의 내기를 연상시키는 이 장면
은 파우스트의 '악마와의 계약'이 있기 전에 이미 천국에서 주

님과 악마가 내기를 하고 있다는 점에서, 지상에서 행하는 파우스트의 모든 행위와 모험이 일종의 '극중극'에 불과함을 시사하고 있다.

이 '주님과 악마의 내기'를 보고서 『파우스트』라는 작품 전체를 기독교적 죄와 구원을 다룬 것으로 해석하려는 시도들도 더러 있지만, 여기서 파우스트는 한 개인이 아니라, 인간 전체를 대표하고 있다고 보는 것이 좋을 듯하다.

9장

—

학자 비극

세 편의 '서막' 다음에 오는 것이 『파우스트 초고』에서 이미 살펴본 바 있는 「밤」의 장면으로, 여기서는 지식의 한계에 부딪힌 르네상스적 학자의 비탄과 절망이 나온다.

1. 「밤」

"이 세계의 내밀한 핵심을 틀어쥐고 있는 게 무엇인지"를 인식하고 싶어서 마법에도 몰두했지만, 결국 파우스트는 "우리 인간이 아무것도 아는 게 없다는 사실"에 봉착하게 된다.

그래서 그는 '무한한 자연unendliche Natur'(455행)을 불러내어, 그 자연과 직접 대면해서, 대화를 나누어 보고자 한다.

"그대 나타나라! 내 목숨을 잃어도 좋으니, 나타나라!"(481행) 하고 파우스트가 말하자, '지령Erdgeist'이 무시무시한 모습으로 나타난다.

네 영혼의 강렬한 간청이 내 마음을 움직여
나 여기 왔노라! [……]

(488-489행)

하지만, 지상의 약한 존재 파우스트가 그 끔찍한 화염의 형상인 지령을 견뎌내지 못하자, 지령은 "너는 네 머리 속의 정령과 닮았지 나와 동등한 족속은 못 된다"(512-513행)며 그만 사라지고 만다.

이렇게 파우스트의 환상이 깨어지는 바로 그 순간에 그의 조수 바그너가 나타나, 선생님께서 고전을 낭송하시는 듯한 소리를 들었는데, 고대 그리스 비극을 읽고 계셨던 것 같다며, 낭송술과 웅변술을 배워 세상 사람들을 감동시키고 싶다는 자신의 소망을 털어놓는다. 파우스트는 아무리 위대한 고전의 말씀이라 할지라도 그것이 "자기 자신의 영혼으로부터"(569행) 솟아나지 않을 때에는 진정한 힘을 발휘할 수 없을 것이라고 가르쳐 준다. 하지만, 얕은 합리주의적 사고에 갇혀 있는 바 그녀는 '폭풍우와 돌진'적인 인간 파우스트의 절박한 진실성을 이해하지 못한 채 물러간다.

홀로 남은 파우스트는 자신이 신들과 동등하지 않은 존재임을 다시 한번 뼈저리게 통감하고, 자신이 "흙을 파헤쳐 흙을 먹고 살다가 / 지나가는 사람의 발에 밟혀 죽어서 다시 흙에 파묻히는"(654-655행) '지렁이'와도 같은 보잘것없는 존재임을 실감하고, 이 미천한 존재의 질곡을 죽음으로써 극복하고자 독약을 마시려고 한다.

잔을 입에 갖다 댄 순간, 부활절의 종소리와 함께, "예수께서 부활하셨으니"(737행) 원죄로 인하여 고통받고 있는 인간들에게 기쁨 있으라는 천사들의 합창 소리가 파우스트에게 들려온다.

그는 그 복음을 알아들을 수는 있었지만, 그에게 더는 믿음이 없었다. 하지만, 그는 어린 시절의 감미로운 추억을 떠

올리면서 그 부활의 복음을 듣고는 젊은 날의 희망에 사로잡혀 독배를 거두고 햇볕 찬연한 부활절 아침에 성문 앞으로 나아간다.

2.「성문 앞에서」

1801년 2월에 쓴 것으로 알려져 있는 이 장면은 우선 부활절 아침에 산책을 나온 견습공들, 하녀들, 양가집 처녀들, 점장이 노파, 학생들, 시민들, 거지, 군인들 등등 여러 계층의 인간 군상들과 그들의 진부한 관심사들을 보여 준다.

여기에 파우스트가 바그너를 대동하고 등장한다. 파우스트가 봄이란 계절이 몰고 온 신록의 희망을 말하면서, 봄의 햇볕을 즐기고자 성문을 나와 서로 어울리는 뭇사람들을 바라본다.

나는 벌써 마을에서 사람들이 왁자지껄 노는 소리가
들리는 듯하네.
여기가 민중의 진정한 천국이야!

어른 아이 할 것 없이 만족해서 환호성을 지르지!

여기서 난 인간이다, 여기서 난 인간이어도 된다고!

(937-940행)

하지만, 바그너는 이런 파우스트의 따뜻한 인간적 감정을
이해하지 못한 채, 자기한테는 민중들의 이런 거친 수작들이
딱 질색이라며 민중들보다 더 고상한 척한다.

파우스트 일행이 보리수나무 아래에서 농부들의 춤판이
벌어지고 있는 곳에 이르자, 늙은 농부 하나가 파우스트에게
술을 권하고, 지난날 페스트가 창궐했을 때 의사였던 파우스
트의 선친과 청년 파우스트가 그들의 목숨을 구하기 위해 애
썼던 일을 칭찬하면서 당시 베풀어 주었던 은혜에 감사의 뜻
을 표한다.

조용한 바위 위에 올라 잠시 쉬게 되자, 파우스트는 바그
너에게 고백한다. 실은 자기 아버지는 의사였지만 일종의 연
금술사이기도 했기 때문에, 페스트를 치료하고자 이 재료 저
재료를 섞고 함께 끓여 수상한 탕약을 만들었고, 젊었던 자기
는 그 탕약을 이 집 저 집으로 배달했는데, 하도 많은 사람이

죽어나가던 판이어서 그 탕약의 효험에 대해서는 아무도 묻지도 기억하지도 않는 가운데에, "그 뻔뻔한 살인자들"(1055행)이 오히려 감사와 칭찬을 받고 있다며 미안해한다.

파우스트는 자신의 가슴에는 "두 개의 영혼Zwei Seelen"(1112행)이 살고 있는데, 하나는 거친 세속적 욕망에 사로잡혀 있고, 다른 하나는 세속의 풍진風塵을 떠나 고귀한 조상들의 영역으로 강력하게 솟아오르려 하는데, 제발 무슨 "마법의 외투Zaubermantel"(1123행)라도 있어서, 이 고귀한 영혼을 "새롭고 다채로운 삶zu neuem, buntem Leben"(1121행)으로 인도해 주기를 바란다며 자신의 소망을 토로한다. 바그너는 그런 악령들을 부르시면 안 된다며, 이제 해가 져서 어둠이 깔리고 공기가 써늘해지고 안개가 내려오니, 돌아갈 시간이라고 말한다. 바그너는 "저녁이 되어야 비로소 집이 소중한 줄 알지요"(1144행)라며 정착민의 안이한 발언을 하고 있는데, 이에 반하여 유목민 기질의 파우스트는 어둠 속에서 검은 삽살개 한 마리를 바라보게 된다. 그 개는 꼬리에 불꽃을 흘리면서 파우스트와 바그너 주위를 빙빙 돌고 있는데, 바그너의 눈에는 흐르는 불꽃이 보이지 않기 때문에, 그는 그것이 단지 삽살개에 불과하며, 훈련을 잘 받았다면, 현명한 새 주인을 잘 섬길 것이라고 말한다.

3. 「서재」(1)

파우스트가 그 배회하는 삽살개를 데리고 서재에 오자, 그 개가 털을 뻣뻣이 곤두세우며 부풀어 오르더니, 방랑하는 대학생 차림의 악마 메피스토펠레스가 난로 뒤에서 튀어나온다. 너 누구냐고 묻는 파우스트에게 메피스토펠레스는 이렇게 대답한다.

늘 악을 원하지만 늘 선을 이룩하는
저 신통력을 지닌 존재의 일부죠.

(1335-1336행)

메피스토펠레스의 이 말은 다양한 해석을 가능하게 만드는데, 요컨대 악마가 불러일으키는 악이란 것도 궁극에 가서는 선에 기여할 따름이라는 괴테의 원대하고 심오한 철학이 악마의 입을 통해 새어 나온 것이라 하겠다.

아무튼, 학자 파우스트의 비극적 상황에 이렇게 불쑥 나타 난 악마 메피스토펠레스는 파우스트에게 접근하여 그를 "달 콤한 꿈의 형상들süße Traumsgestalten"로써 현혹시키고 그를 "망 상의 바다ein Meer des Wahns"(1510-1511행)에 빠트린다.

4. 「서재」(2)

이윽고, 메피스토펠레스는 "당신의 우울증을 쫓아버리려 귀공자 차림으로"(1534-1535행) 다시 찾아왔다며, "여기 이승에 서 당신을 위해 복무할 의무를 지겠습니다. / 당신이 눈짓만 해도 쉬지 않고 뛰겠습니다"(1656-1657행)라는 이른바 '악마의 제안'을 한다.

조건을 분명히 하라는 파우스트의 요구에 메피스토펠레스 는 딱히 조건은 말하지 않으면서, "여기 이승에서" 파우스트 를 위해 봉사하겠다고 한다. 민중본 『파우스트』와 영국의 극 작가 크리스토퍼 말로의 『파우스트』에서는 악마가 24년의 시 한을 제시하는데, 괴테의 『파우스트』에서는 파우스트가 먼저 자신의 입으로 다음과 같은 조건을 말한다.

내가 어느 순간에다

머물러라! 너 참 아름답구나!

라고 말하거든, 넌 날 결박해도 좋다,

그땐 나 기꺼이 죽으리라!

그땐 조종이 울려도 좋으며,

그때 넌 종살이에서 풀려나고,

모래 시계가 멈추고 시침은 떨어질 것이니,

나의 시간 그것으로 다 끝나리라.

(1699~1706행)

이것이 이른바 '악마와의 계약'을 위한 파우스트의 조건이다. 만족을 모르고 앞으로 앞으로만 정진精進하려는 파우스트가 그 어느 순간에 만족을 표현한다면, 그때는 그의 영혼이 악마의 것이 되어도 좋다는 것이다. 이로써, 「천상에서의 서막」에서 있었던 '신과 악마의 내기'는 파우스트와 악마 사이의 지상에서의 계약으로 전이轉移되는 것이며, 여기까지의 과정이 이른바 '학자 비극'으로서, 중세 말기의 한 르네상스적 인간이 자신의 인식론적 욕구에 한계를 느끼자 그 타개책을 '악마와의 계약'에서 찾는 것이다. 이제부터 그는 악마의 도움을 받으면서, "전全 인류에게 주어진 것"을 '자기 자신의 내면에서 즐기고, 자신의 정신으로써 가장 높은 것과 가장 깊은 것을 포착해서 인류의 고락을 자기 자신의 가슴에 안고서 자기 자신을 인류 자체로 넓혀나가고자'(1770-1774행) 하는 것이다.

파우스트가 여행 준비를 하고자 잠시 서재를 떠난 사이에 메피스토펠레스는 파우스트의 긴 가운을 입고서, 파우스트를 찾아온 학생을 파우스트 대신 맞이하면서 학생과 면담한다. 이 면담에서 메피스토펠레스는 학생에게 논리학과 형이상학을 공부할 것을 권하지만, 부분만 파고들다가 전체를 인식하지 못하는 당대 학계의 병폐를 은근히 풍자하고 있고, 시대를 따라가지 못하는 법학에 대해서도 냉소적 비판을 가하고 있으며, 특히 의학을 공부할 경우에는 외설적 진료 행위를 해 볼 것을 은근히 권하기도 한다.

이윽고 파우스트가 돌아와 "자, 이제 어디로 가지?"(2051행) 하고 물으니, 메피스토펠레스가 대답한다. "우선 작은 세계를 보고, 그다음엔 큰 세계를 봅시다!"(2052행) 여기서 '작은 세계 die kleine Welt'란 소시민적 인간 사회를 말하며, '큰 세계 die große

Welt'란 앞으로 『파우스트』 제2부에서 전개될 신화적, 범유럽적 차원의 인간 세계를 말한다.

10장

—

악마와의 동행

– 「아우어바흐의 지하술집」과 「마녀의 부엌」

메피스토펠레스가 자신과 '계약'을 체결한 파우스트를 만족시켜 주기 위해 그를 맨 먼저 데려간 곳은 라이프치히의 유명한 '아우어바흐의 지하술집'이었다. 이 술집은 16세기부터 라이프치히 시내 중심가에 있던 유명한 포도주집이었는데, '파우스트 전설'에도 이미 언급되어 있었다.

'아우어바흐의 지하술집'의 분위기는 괴테의 라이프치히 대학 및 슈트라스부르크대학 시절의 대학생 체험이 반영된 것으로서 방탕하고 흥청망청한 것으로 묘사되고 있다. 여기서 메피스토는 마술을 부려 술집 탁자의 꼭지로부터 온갖 종류의 포도주가 흘러나오게 함으로써 술집의 좌중을 흥겹게 하고 파우스트에게도 만족감을 선사하고자 한다. 하지만, 파우스트는 그런 허랑한 술타령과 공허한 재담이 마음에 들지 않아 금방 그 자리를 뜨고 싶어 한다.

그림 4 그림 5 『파우스트』한 장면의 배경이 되는 아우어바흐의 지하술집. 청년 시절 괴테가 자주 이용한 것으로 알려져 있으며 현재도 관광명소로서 많은 여행객의 큰 사랑을 받고 있다.

악마가 그다음에 파우스트를 데리고 간 곳은 '마녀의 부엌'이다. 그에게 회춘의 묘약을 먹여 30년을 젊게 해 주려는 것이었다. 파우스트는 '마녀의 부엌'의 거울에서 '아름다운 여인상'(2436행)을 보고 "가슴에 불이 붙기 시작한다"(2461행)며 어서 그 자리를 떠나고 싶어하지만, 결국 그는 악마의 권유로 마녀의 물약을 받아 마신다.

11장

—

그레첸 비극

「마녀의 부엌」에서 회춘의 묘약을 마신 파우스트가 제일 먼저 만나는 여자가 그레첸이다.

1.「거리」

파우스트

아름답고 고귀한 아가씨, 제가 이렇게 팔을 내밀어
아가씨를 댁으로 모셔다 드려도 될까요?

그레첸

저는 귀한 집 아가씨도 아니고, 아름답지도 않아요.

데려다주지 않아도 집까지 갈 수 있어요. (뿌리치고

가버린다.)

(2605-2608행)

이것이 청년으로 회춘한 파우스트가 그레첸을 처음으로 대면하는 유명한 장면이다. 파우스트는 그레첸을 '아가씨 Fräulein'로 호칭하고 귀한 집 따님으로 대접하면서 기사도를 발휘하여 '아가씨'를 댁으로 모셔다드리겠다는 제안을 한 것인데, 그레첸은 자신의 소시민적 신분을 숨기지 않고 말해 주면서, 집으로 데려다주겠다는 청년의 제안을 거절하는 것이다. 이 짧은 4행에서도 이미 파우스트와 그레첸의 신분 격차가 확연한 문제점으로 드러나 있다. 파우스트의 제안을 뿌리치는 데에는 성공했지만, 그레첸은 그날 「저녁」에 자기 방에서 혼자 생각에 잠긴다.

오늘 그 신사가 누구였을까?

그것만 알 수 있다면, 무엇을 준다 해도 아깝지 않으
련만!

정말 늠름하게 보였어.

그러니 틀림없이 고귀한 집안 출신일 거야.

그건 그의 이마를 보고도 알 수 있었어 —

그렇지 않고서야 그렇게 대담하게 나올 수 없었을
걸. (방을 나간다.)

(2678-2683행)

자기보다 신분이 높아 보이는 청년이 말을 걸어온 데에 대
해 그레첸의 호기심이 서서히 발동하고 있다. 신분 격차가 있
는 남녀 간의 애정 문제는 이른바 '폭풍우와 돌진Sturm und Drang'
시대의 주요 사회적 이슈이기도 했다. 일찍이 레싱이 그의 시
민비극 『에밀리아 갈로티』(1772)에서, 그리고 쉴러가 그의 시
민비극 『간계와 사랑』(1784)에서도 이미 다룬 적이 있는 귀족
신분의 남자와 시민계급의 처녀 사이의 비극적 연애의 문제
인데, 이것은 처녀가 아이를 낳아 유기 살해하게 되는 중세 이
래의 이른바 '영아 살해 모티프'와도 깊은 관련성을 지닌, 18세

기 후반 독일의 첨예한 사회문제이기도 했다.

게다가 파우스트는 현재 '정착민'이 아니라 세계를 탐구하고 다니는 일종의 '유목민'이기 때문에 이 자리에서 장차 일어나게 될 사건의 비극성은 처음부터 이미 예견될 수 있는 일이기도 했다.

괴테 역시 슈트라스부르크대학 시절에 제젠하임의 목사의 딸 프리데리케 브리온과 사귀다가 그녀한테서 도망친 경험에서, 비록 서로 육체적 관계에까지는 이르지 않았다 하더라도, 이와 비슷한 연애 체험이 있었을 뿐만 아니라, 영아 살해범인 브란트S. M. Brandt가 1772년 1월 14일에 프랑크푸르트에서 처형된 떠들썩했던 사건을 잘 알고 있었다. 따라서, 그레첸 비극은 전래된 '파우스트 전설'과는 일단 무관하게, 괴테의 젊은 날의 체험 영역으로부터 파우스트라는 전통적 소재 안으로 새로 들어온 '시민비극'이라는 점이 일단 우리의 주목을 요한다. 그만큼 괴테의 『파우스트』가 상당 부분 괴테 자신의 체험을 담고 있다는 사실이 중요한 것이다. 이 점은, 나중에 『파우스트』 제2부 제5막의 '행위자 비극'을 논할 때, 즉, 파우스트의 '득죄得罪'가 괴테 자신의 '체험'과 무관하지 않음을 설명할 때,

다시 한번 상기되고 조회되어야 할 사안이다.

아무튼, 이제 여성의 아름다움에 눈뜬 '청년' 파우스트와 그에게 호기심과 사랑을 느끼기 시작한 순박한 처녀 그레첸은 ―메피스토의 계략도 단단히 한몫을 함으로써― 점점 더 헤어날 수 없는 수렁으로 빠져들게 된다.

메피스토의 술책으로 우선 파우스트의 선물 공세가 시작된다. 그레첸 모녀는 그레첸 방에서 출처를 알 수 없는 장신구들을 발견하고 고민한 끝에 결국 그것을 교회의 신부님께 가져간다.

> 교회는 위장이 튼튼해서
> 온갖 나라들을 다 삼켜도
> 아직 배탈 난 적이 없답니다.
> 친애하는 숙녀님들, 교회만이
> 부정한 재산을 소화해 낼 수 있습니다.
>
> (2836-2840행)

신부가 하는 이 말은 예로부터 돈을 좋아하는 교회에 대한 괴테의 풍자로 유명하다.

유명한 대목을 하나 더 말하자면, '그레첸의 꽃점'도 빼놓을 수 없다.

마르가레테

(계속해서) 날 사랑한다 — 않는다 — 날 사랑한다 —
않는다 —

(마지막 꽃잎을 뜯으며, 기쁨에 넘쳐)

그이는 날 사랑한다!

파우스트

그래요, 내 사랑! 이 꽃점을
신탁神託으로 여겨요! 그는 당신을 사랑해요.

(3182-3185행)

이윽고 혼자가 된 그레첸은 다음과 같은 독백을 한다.

아, 정말 놀라워! 그 남자가
생각하지 못하는 게 뭔지 모르겠네!

그이 앞에 서면 난 부끄럽기만 하고
무슨 일에나 그저 예, 예 할 뿐이지.
난 정말 가련하고 아무것도 모르는 아인데,
내가 뭐가 좋다고 그러시는지 알 수가 없네. (퇴장)

(3211-3216행)

2. 「숲과 동굴」

연이어서 나오는 「숲과 동굴」은 '집도 없이 떠도는 자der
Unbehauste'(3348행)인 파우스트가 그레첸에 대한 자신의 육욕을
두고 형이상학적 고민을 하는 장면인데, 그는 "목적도 안정도
없는 비인간"(3349행)인 자신이 그레첸의 평화를 깨뜨리고 말
았다는 것을 통감하면서, 메피스토에게 외친다.

너, 지옥같은 놈! 바로 이 제물을 원했던 것이로구나!
악마야, 이 불안의 시간을 단축할 수 있도록 날 도와라!
어차피 일어날 일이라면, 당장 일어나게 하라!
그녀의 운명이 나한테 박살이 나서

나와 함께 파멸해도 어쩔 수 없는 노릇이다!

(3361-3365행)

정착민이 아닌 '유목민', 즉 세상을 두루 알기 위해 '떠도는 인간'일 수밖에 없는 파우스트는 정착민의 딸 소박한 그레첸을 범해서는 안 될 상황이었다. 이런 상황 때문에 윤리적 고민에 빠졌던 파우스트는 이「숲과 동굴」장면에서 드디어 그레첸의 파멸을 무릅쓰기로 결심하는데, 메피스토펠레스는 파우스트의 이런 결단을 '악마답다'며 환영한다.

3.「마르테의 정원」

그레첸의 이웃집 아주머니 마르테는 『파우스트』에 등장하는 많은 희극적 인물 중 단연 압권이다. 그녀의 배역은 메피스토펠레스의 상대역으로서 중요하며, 암울한 『파우스트』 드라마에다 잠깐씩이나마 희극적인 양념을 더한다. 그녀의 정원은 포츠담의 '상수시 공원Sanssouci Park'처럼 이른바 '프랑스식 정원'으로서, 쌍을 이룬 연인들이 각각 밀회를 즐길 수 있도록 관목 숲에 의해 시선이 차단된 아늑한 공간들을 제공한다.

이런 '마르테의 정원'의 어느 한적한 공간에서 단둘이 있게 되자, 그레첸은 파우스트에게 그의 종교관을 묻는다.(3415행) 파우스트는 "느끼는 것만이 전부"이며 "개념이란 것은 공허한 울림이요, 연기요, / 안개 속에 휩싸인 천상의 불꽃일 따름"(3456-3458행)이라고 말을 빙빙 돌리면서 확답을 회피한다.

그레첸은 "당신이 데리고 다니는 그 인간을 내 마음속 깊은 영혼이 싫어한다"(3471-3472행)며 메피스토에 대한 불길한 예감과 공포를 고백한다.

파우스트는 그레첸을 달래 놓고 집으로 들어가려는 그녀에게 "단 한 시간만이라도 / 당신의 품에 편안히 안겨 / 가슴과 가슴을 맞대고 마음과 마음을 터놓을 수 없을까?"(3501-3505행) 하고 탄식한다.

마르가레테

아, 제가 혼자 자기만 한다면야
당신을 위해 기꺼이 빗장을 열어 놓을 텐데요!
하지만, 어머니가 잠귀가 밝아서요.

만약 어머니한테 들키면

전 그 자리에서 그만 죽은 목숨이에요!

(3505-3509행)

이에 파우스트는 메피스토펠레스한테서 수면제라고 받은
약을 그레첸에게 건네준다.

4. 「우물가에서」

다음에 연이어 나오는 「우물가에서」 장면에서 그레첸은
리스헨을 만나고 있다.

리스헨

　너, 베르벨헨에 관한 소문 못 들었니?

그레첸

　전혀! 내가 사람들과 접촉이 거의 없잖아.

리스헨

　확실해! 지빌레가 오늘 나한테 일러 준 소식이거든!

그 애도 마침내 속았다는 거야.

고상한 척 하더니만!

그레첸

무슨 말이니?

리스헨

악취가 풍긴단 말

이지!

걔가 이제 두 사람 분을 먹고 마신다는 거야.

그레첸

아, 저런!

(3544-3550행)

여기서 그레첸은 베르벨헨의 임신 사실이 남의 일이 아니라 바로 자신의 일임을 실감한다. 그레첸은 다음 장 「성 안쪽 길」에서 고통의 성모상 앞의 꽃병에 꽃을 꽂으면서, 기도한다. "도와주소서! 치욕과 죽음에서 저를 구해 주소서! / 온갖 괴로움 다 겪으신 성모님 / 얼굴을 돌리시어 / 저의 고난을 은총으로 굽어살펴 주소서!"(3616-3619행)

악마 메피스토펠레스의 폐해는 정말 크다. 그가 수면제라며 준 약으로 인해 그레첸의 어머니가 독살당했을 뿐만 아니라, 그레첸의 집 앞 거리에서 동생의 '잃어버린 명예'를 위해 복수하려던 그레첸의 오빠 발렌틴을 파우스트의 칼에 죽게 만든다. 악마는 그레첸의 어머니와 오빠를 다 죽게 만듦으로써 죄를 짓게 된 파우스트를 데리고 하르츠^{Harz}산맥의 브로켄^{Brocken}산으로 올라간다.

5. 「발푸르기스의 밤」

독일인들은 해마다 4월 30일 저녁에 마녀들이 하르츠산맥의 최고봉 브로켄산 위에서 사탄^{Satan}왕을 기리는 축제를 벌인다고 생각해 왔다. '발푸르기스의 밤^{Walpurgisnacht}'이 바로 그 전설적인 축제일이다. 이날 밤에는 평지에서의 습속이 무시되고, 어둠을 틈타 온갖 음란한 짓거리들이 거침없이 행해진다고 한다.

방문객 중에는 장군, 총리대신, 벼락부자, 작가가 등장하는가 하면, '엉덩이 심령술사^{Proktophantasmist}'까지 등장하는데,

이 인물은 자기가 "그다지도 계몽을 시켜주고", "미신을 퇴치시키고자 노력했음"에도 불구하고 아직도 도깨비들이 나타나고 있음을 개탄하고 있다.(4158-4163행) 이는 괴테의 동시대인으로서 편협한 계몽주의자였던 프리드리히 니콜라이 Friedrich Nicolai(1733-1811)에 대한 괴테의 풍자로 해석되고 있다.

파우스트가 나체의 젊은 마녀와 춤을 추고 있는 사이에 메피스토는 추악한 늙은 마녀와 외설적인 수작을 주고받는다.(4128-4143행) 춤추던 파우스트는 젊은 마녀가 노래를 부르는 중에 그녀의 입에서 빨간 쥐새끼 한 마리가 튀어나오는 통에 그녀와 헤어졌는데, 이어서 그는 발이 묶인 채 걸어가고 있는 그레첸의 환영을 본다. 그레첸은 "그 아름다운 목에 칼등만한 나비의 빨간 끈 하나를 두르고 있었다."(4203-4204행) 이것은 그녀가 옥에 갇혀 있으며, 이제 곧 교수형에 처해질 것임을 암시하고 있는 것이다.

메피스토펠레스는 그것이 그레첸의 환영임을 인정하긴 하지만, 파우스트의 주의를 딴 데로 돌리고자, 마침 이 산상에서 아마추어 배우들이 공연하는 볼 만한 막간극 공연이 있다며 파우스트를 그곳으로 데리고 간다.

6. 「발푸르기스 밤의 꿈. 또는 오베론과 티타니아의 금혼식. 막간극」

그리하여 파우스트와 메피스토펠레스는 이제 연극 관람을 하게 된다.

괴테는 셰익스피어의 『한 여름밤의 꿈』으로부터 오베론과 티타니아라는 모티프를 가져오긴 했지만, 1796년 이래 그가 바이마르 극장에서 공연하곤 했던 브라니츠키Paul Wranitzky의 오페레타 『요정왕 오베론』(1790, 빌란트 원작)으로부터도 여러 가지 모티프를 여기에 차용했다. 오베론과 티타니아는 인도 태생의 한 소년 때문에 서로 다투다가 헤어지게 되었지만, 막상 헤어지고 나니, 그들은 다시 서로 그리워하게 되고 마침내 사랑을 되찾게 된다는 이야기다.

오베론

서로 잘 지내고 싶은 부부들은
우리 둘한테서 배울지어다.
두 사람이 서로 사랑하도록 하려거든

그들을 서로 떼어 놓기만 하면 되리니!

티타니아

남편은 화가 나 있고 아내가 우울해하거든

그들을 당장 붙잡아

여자는 남쪽으로 보내고

남자는 북쪽 끝으로 보내세요.

(4243-4250행)

헤어져 살게 되면서 비로소 서로 그리워하게 되고 사랑하게 되었다는 오베론과 티타니아 말고도, 괴테는 호기심 많은 여행자, 정교正敎 신자, 북방의 화가, 풍향기風向旗 같은 인간, 두루미, 독단론자, 이상주의자, 현실주의자 등등 많은 인물을 등장시켜 놓고 그들로 하여금 각기 자신의 입장에서 발언을 하도록 한다. 당대의 관객이라면, 이들의 발언 내용에 따라 누가 니콜라이고, 누가 라파터J. C. Lavater이며, 누가 피히테J. G. Fichte인지 거의 짐작을 할 수 있었겠지만, 오늘날의 독자들이야 그것까지 파악할 수도 없고, 또 반드시 그럴 필요도 없으리라.

아무튼, 이 막간극은 원래 괴테가 쉴러의 잡지 「뮤즈들의 연감」에 싣고자 했던 작품이었는데, 『파우스트』의 줄거리 진행과는 일단 무관한 듯 보이지만, 이곳에 막간극으로 삽입해 놓은 것이다.

7. 「흐린 날, 들판」

메피스토펠레스의 술책으로 막간극을 보면서 잠시 관심이 다른 데로 쏠렸던 파우스트였지만, 「흐린 날, 들판」으로 나오자 그는 다시 그레첸 생각을 하게 된다.

"그 아리땁고 불행한 아이가 범법자로서 지하감옥에 갇혀 무서운 고통을 겪고 있단 말이다! 그렇게까지! 그 지경으로까지 되다니! —배신자, 아무 쓸모 없는 귀신, 네가 그걸 내게 숨겼어! [……] 넌 그동안 천박한 소일거리로 나를 어르고 달래며 그 애의 자꾸만 커져 가는 고통을 내게 숨기고 그 애가 절망 속에서 파멸하도록 방치했단 말이다!"(「흐린 날, 들판」의 장, 4-14행)

파우스트는 이렇게 1770년대 초반의 '폭풍우와 돌진' 시대의 격정적 산문 투로 메피스토펠레스에게 욕을 하며 따지고 든다.

메피스토펠레스

그런 일 당한 게 그녀가 처음은 아니오.

파우스트

개 같은 자식! 보기도 싫은 짐승 같은 놈!

(「흐린 날, 들판」의 장, 15-16행)

파우스트는 악마에게 자신을 그녀에게 데려다주고 그녀를 석방시킬 방책을 강구하라고 요구한다.

『파우스트』의 전 작품에서 유독 이 부분만 산문으로 되어 있다는 점이 특이하다. 아마도 괴테는 이 대목을 운문으로 고쳐 쓸 시간을 놓쳤을지도 모른다. 혹은, 그가 이 산문을 우아한 고전주의적 운문으로 고쳐쓰기보다는 차라리 '폭풍우와 돌진' 시대의 격정적 산문으로 그냥 놔두는 것이 더 효과적일 것이라고 생각했을 것 같기도 하다.

8. 「지하감옥」

악마의 도움을 받은 파우스트는 열쇠 꾸러미와 등불을 들고 지하감옥의 철문 앞으로 다가간다. 파우스트가 철문을 열고 들어가자, 그레첸은 그녀를 형장으로 데리고 가려는 형리가 온 줄 알고 파우스트 앞에 몸을 내던지며 말한다.

> (무릎을 꿇고서) 형리이신가요? 누가 당신에게
> 날 처형할 권한을 줬나요?
> 자정인데 벌써 날 데려가려고요?
> 불쌍히 여겨 날 살려 주세요!
> 내일 아침에 집행해도 시간은 충분하잖아요?
> [……]
> 제 남자친구가 가까이 있었지만 지금은 먼 곳에 있어요.
> 화환은 찢겼고 꽃들은 산산히 흩어졌어요.
>
> (4427-4436행)

영아살해범으로 체포되어 사형 집행을 기다리고 있는 그레첸의 이런 고난은 괴테에 의해 처절성의 극치로 극화되어 있다. '그레첸 비극'의 절정이라 할 이 일련의 장면들은 '폭풍우와 돌진' 시대를 전후하여 독문학 작품에 등장하는 모든 시민계급 처녀들의 고통, 레싱으로부터 렌츠와 바그너를 거쳐 쉴러에 이르는 모든 시민계급 출신의 젊은 처녀들의 비극을 가장 처절하게 형상화하고 있다. 이렇게 괴테는 자신의 젊은 날의 체험과 자기 세대가 겪고 모색했던 사회문제를 그의 대표작인 『파우스트』에서, 뒤늦게, 비로소 불후화해 놓은 것이다.

그레첸의 기쁨과 고통을 담은 순수하고 맑은 노래와 그녀의 입에서 흘러나온 노래들은 많은 작곡가에게 영감을 부여했으며, 그레첸 비극 자체만 따로 떼어서 보더라도 한편의 불후의 드라마임에 틀림없다.

다시 「지하감옥」 장면으로 돌아가기로 하자.

파우스트

서둘러요!

서두르지 않으면

우린 큰일 나게 돼.

마르가레테

이게 뭐예요, 당신 더는 키스도 할 수 없나요?

나의 애인이여, 잠깐 떨어져 있었다고

키스하는 것도 잊었나요?

이렇게 당신 목에 매달려 있어도 왜 이리 불안하죠?

전에는 당신의 말을 듣고 있거나 당신의 시선을 받
고 있으면

하늘 전체가 내 위를 덮쳐누르는 듯했고,

당신의 키스는 절 질식시킬 것 같았는데요.

(4481-4490행)

갈 길이 바빠 서둘러야 한다는 파우스트한테 그레첸은 전
처럼 그런 열렬한 키스를 해 달라고 하지만, 파우스트는 날이
새고 있으니 어서 함께 나가자고 재촉만 한다.

마르가레테

전 어머니를 죽이고

내 아기를 물속에 빠트려 죽였어요.

나와 당신한테 선물로 내려진 아기 아니었던가요?

당신한테 내려진 선물이기도 했지요. ─ 당신이군
요! 믿을 수 없을 지경이에요.

손 좀 쥐 봐요! 꿈이 아니군요!

당신의 이 사랑스러운 손! — 아, 그런데 왜 이리 축

축해요?

닦아 버려요! 내 생각으로는

손에 피가 묻은 것 같네요.

아 맙소사! 당신 무슨 짓을 했나요?

그 칼을 집어넣어요.

제발 부탁이에요!

파우스트

지난 일은 그냥 지난 일로 내버려 둡시다.

당신의 그 말이 날 죽일 것 같아.

(4507-4519행)

어머니와 아기를 죽게 한 그레첸이 파우스트의 손에서 문
득 자기 오빠 발렌틴의 피를 환시幻視로 보게 되는 이 장면에
서는 아마도 파우스트도, 그도 사람이라면, 죽을 듯한 고통을
느꼈음에 틀림없을 것이다. 하지만, 그는 날이 새기 전에 그
레첸을 데리고 감옥을 빠져나가야 하는데, 그녀는 도망쳐 봐

야 소용없을 것이라며 감옥에 그대로 남겠다고 버틴다.

이때 메피스토펠레스가 출발을 재촉하려고 나타나자 그레첸은 기겁을 하며, 자기 자신을 차라리 '하느님의 심판'에 맡기겠다고 외친다. 메피스토가 "그녀는 심판을 받았다!"고 외치자, 천상으로부터 "구원을 받았노라!"라는 목소리가 들려온다. "이리 와요!" 하고 메피스토가 파우스트를 데리고 급히 사라지자, 감옥 안으로부터 "하인리히! 하인리히!"하고 그레첸이 파우스트의 이름을 부르는 소리가 메아리쳐 나온다.(4605-4612행)

여기까지가 이른바 '그레첸 비극'이며, 이것으로써 '학자 비극'을 포함한 괴테의 『파우스트』 제1부가 끝나는 셈이다.

12장

—

『파우스트』 제1부의 의미

위에서, 필자는 '그레첸 비극' 자체만 따로 떼어서 보더라도 그것이 한 편의 불후의 드라마가 될 것이라고 말한 바 있다. 그것은 1770년대의 독일 사회에 큰 문제점으로 부각되었던 시민계급 처녀들의 불행과 고통, 즉 신분이 자신보다 높은 상대를 만난 데서 야기되는 '사회적 약자로서의 여성의 비극'을 작품화한 사람은 적지 않았지만, 괴테의 이 '그레첸 비극'만큼 원숙하게 형상화한 작품은 찾아보기 어렵기 때문이다.

하지만, 이 지점에서 우리는 파우스트가 그레첸이라는 이 불쌍한 시민계급의 아가씨를 이런 식으로 농락하고 버리려고

'악마와의 계약'까지 했던가 하고 자못 분개하는 심정이 될 수도 있을 것이다. 아닌 게 아니라, 마지막 장면에서 파우스트가 감옥에 그대로 남아 하느님의 심판을 달게 받겠다는 그레첸을 그 자리에 그냥 두고 메피스토펠레스를 따라 떠난다는 사실 자체가 인간적으로도, 도덕적으로도 적지 않은 모순을 내포하고 있긴 하다.

그러나, 잘 생각해 본다면, 악마의 도움이 없었다면, 파우스트의 회춘이 우선 불가능했을 테고, 그레첸과의 사랑도 있기 어려웠을 것이다. 파우스트가 그레첸을 감옥에 두고 떠나올 수밖에 없었던 것은 무슨 '도덕적 논리'가 있었던 것이 아니라, 실은 '작품 자체의 논리'에 근거해 있는 것이었다.

즉, '악마와의 계약"을 하고 난 다음, 파우스트가 떠날 준비를 마치고 나서 다시 나타나 메피스토펠레스에게 "이제 어디로 가지?"(2051행)하고 물었을 때, 메피스토는 다음과 같이 대답했었다.

당신 마음에 드는 곳으로!
작은 세계를 보고, 그다음에 큰 세계를 봅시다.

나한테 빌붙어서 그 과정을 두루 거치게 되셨으니

얼마나 기쁘고 유익한 일입니까!

(2051-2054행)

위의 2052행에서 메피스토가 우선 '작은 세계^{die kleine Welt}'를 보고, 그다음에 '큰 세계^{die große Welt}'를 보자고 했는데, 작품 내재적^{內在的} 논리에 의하면, 파우스트는 메피스토펠레스의 도움으로 이제 겨우 '작은 세계'를 본 것에 불과한 셈이며, 이제부터는 '큰 세계'를 볼 순서라 하겠다.

13장

―

『파우스트』 제2부의 필요성

괴테의 원래의 계획으로는 『파우스트』는 오늘날 우리가 알고 있는 『파우스트』의 제1부로 그만 끝나게 되어 있었다.

만약 제1부만으로 작품이 종결되어 버렸다 하더라도 이 작품은 '폭풍우와 돌진'의 시대를 산 청년 괴테의 체험문학으로서 독일문학사에 길이 남을 만하다. 그러나 『파우스트』가 인류의 보편적 체험이 용해되어 있는 세계문학의 귀중한 기념비로 인정받을 수는 없었을 것이다.

요컨대, '폭풍우와 돌진'의 청년 괴테가 바이마르 궁정으로 초청을 받아, 거기서 궁정사회에 적응해 나가고 바이마르 공국公國의 요인要人으로서 장년과 노년의 괴테로 성숙해 갔듯이, 작품 『파우스트』 자체도 시인 괴테의 연륜과 함께 자연스럽게 제2부를 추가하게 되었다고 말할 수 있다. 위에서, '작품 내재적 논리'에 의해, '작은 세계'에서 자연히 '큰 세계'로 옮아가게 된 것이라고 말했지만, 실은 '작품 내재적 논리'도 시인 괴테의 '작품 구성상의 장치'의 결과에 불과하다고 볼 때, 제2부는 나중에 시인 자신이 제1부에 추가한 것이라고 볼 수밖에 없는 것은 자명하다.

『파우스트』가 인생의 의미를 탐구하는 철학적 작품이 되려면, '학자 비극'과 '그레첸 비극'만으로는 그 내용이 너무 빈약하다. 그런 데다 괴테는 그동안 바이마르의 아나 아말리아 공작부인, 슈타인 부인 등 궁정의 많은 귀부인과 교분을 쌓았고, 1786년부터 1788년까지의 제1차 이탈리아 여행에서 바이마르로 돌아온 뒤에는 평민의 딸 크리스티네와 동거 생활에 들어가는 등 실제로 여성을 알게 되었을 뿐만 아니라, 바이마르 공국의 온갖 크고 작은 정사에 관여함으로써 세상의 명암, 세상살이의 희로애락을 직접 체험하였고, 그 사이에 광물학, 지질학, 색채론, 해부학, 식물학 등 여러 자연과학 분야에서도 꾸준히 탐구를 계속해 왔으며, 두 차례의 이탈리아 여행을 통해 그리스와 로마의 고대문화에 대해서도 깊은 조예를 쌓았다. 한편, 그는 시인으로서도 쉴러와 더불어 바이마르 고전주의 문학의 찬연한 개화를 선도하였고 1805년 쉴러의 죽음으로 고전주의의 몰락 또한 뼈아프게 겪어내었다. 『파우스트』 제2부에서 '큰 세계'가 펼쳐진다면, 이러한 괴테의 성숙과정이 직접적으로, 또는 간접적으로 그 '큰 세계'에 반영되어 있을 것은 명백하다.

거꾸로 말해서, 『파우스트』에 제2부가 없다면, 바이마르에서의 괴테의 삶과 독일 고전주의 문학 자체가 그 기록과 형상을 얻지 못하게 되는 것이라 하겠다.

14장

—

'여행'을 다시 시작하는 파우스트

제1부의 「숲과 동굴」이 중요한 이유는, 위에서도 설명했지만, "집도 없이 떠도는 자der Unbehauste"(3348행)이며 유목민 기질의 '여행자'인 파우스트가 자신의 육욕 때문에 순박한 처녀 그레첸을 범할 것인가, 자제할 것인가를 자문하고 혼자 고민하는 장면이기 때문이다.

고민 끝에 그는 드디어 메피스토펠레스에게 말한다.

너, 지옥같은 놈! 바로 이 제물을 원했던 것이로구나!
악마야, 이 불안의 시간을 단축할 수 있도록 날 도와라!

어차피 일어날 일이라면, 당장 일어나게 하라!
그녀의 운명이 나에게 박살이 나서
나와 함께 파멸해도 어쩔 수 없는 노릇이다!

(3361–3365행)

　자신의 욕망을 채우고자 이렇게 그레첸의 '운명'을 '박살이
나도록' 망쳐 놓은 죄인 파우스트다. 그 와중에 그레첸의 어머
니와 오빠 발렌틴까지 죽게 만들고 결국 그레첸과 그녀의 아
기의 죽음까지 외면하고 도망친 희대의 죄인 파우스트가, 그
래도 인간의 탈을 쓴 존재라고 할진대, 설령 그것이 작품 내
재적 논리에 따른 사건 진행이라 할지라도, 과연 무슨 낯으로,
또 '큰 세계'로 가는 자신의 '여행'을 다시 계속할 수 있단 말인
가? 독자는 과연 그런 뻔뻔스러운 인간, 타락한 학자, 곤경에
처한 연인을 매정하게 버리고 계속 '여행'을 하는 비정한 인간
파우스트를 양해하고 계속 관심을 지니고 그의 '여행길'을 따
라갈 수 있을 것인가? 이 점이 『파우스트』 제2부를 시작해야
하는 시인 괴테가 처한 큰 고민이었을 것은 어렵지 않게 짐작
할 수 있는 일이다.

괴테는 이 난관을 어떻게 극복했던가?

1. 「경개景槪 좋은 곳」

그 해답은 잠, 바로 '망각의 수면'이었다. 즉, "레테Lethe강의 이슬"(4629행)로 망각의 목욕을 하는 것이었다.

괴테는 제2부의 첫 장에서 파우스트로 하여금 "지친 나머지 불안 속에서 잠을 청하며 꽃이 만발한 풀밭에 누워 있도록"(제2부, 첫 장면의 지문 참조) 하고, 셰익스피어의 『폭풍』에도 나오는 '공기의 정령' 아리엘Ariel을 등장시킨다. 아리엘은 "신성한 자든 사악한 자든 불행에 빠진 사람을 가엾이 여기고"(4619-4620행) 도와주는 작은 요정들을 불러, 파우스트의 머리 주위를 빙빙 돌며 그의 "가슴속의 격렬한 갈등을 잠재워 주고", "불타는 듯 쓰라린 자책의 화살"을 뽑아 주어 "지금까지 겪었던 끔찍한 체험으로부터 그의 내면을 정화시켜"(4623-4625행) 줄 것을 명한다.

괴테가 『파우스트』 제2부에서 파우스트로 하여금 다시 한 인간으로서 새로운 '여행'을 할 수 있도록 만든 것은 그사이에 이렇게 '잠'과 '망각'이 있었다는 논리에 근거한다. 여기서 '잠'과 '망각'은 결국 '시간'이 흐르고 '거리감'이 발생했다는 것인데, 그사이에 얼마나 많은 '시간'이 흘렀고 얼마나 떨어진 공간적 거리가 발생했다는 말인가? 제2부의 첫머리에서 독자는 구체적 시간과 장소를 알지 못한 채 그냥 일출과 더불어 새로운 날을 맞이하는 파우스트를 만난다.

그러나 괴테의 일생을 아는 사람은 그 '시간'과 공간적 '거리'를 짐작할 수 있는데, 그것은 괴테가 바이마르로 온 1775년부터 사망했던 1832년 직전, 즉 『파우스트』를 완성해서 봉인한 1831년까지의 그의 삶의 기간을 말하며, 공간은 정신적 '바이마르'이다. 다시 말해서, '그레첸 비극'으로 '폭풍과 돌진' 시대의 이야기가 마감되고 이제부터는 바이마르 고전주의 시대의 괴테의 세계가 전개되는 것이다. 물론, 『파우스트』 제1부가 출간된 연도가 1808년이어서, 일견 다소 모순되는 추론으로 보일 수도 있겠지만, 제1부의 '학자 비극'과 '그레첸 비극'이 '폭풍우와 돌진' 시대의 소재임은 명백하며, 바이마르로 온 괴테의 처음 10년의 체험이 곧바로 『파우스트』에 반영될 수는 없었겠다. 괴테는 두 번의 이탈리아 여행(1786-1788; 1790)을 마치고 쉴러의 충고에 힘입어 『빌헬름 마이스터의 수업시대』를 완성, 출간한(1796) 뒤인 1797년에야 비로소 『파우스트』 제2부를 쓸 생각에 이르게 되며, 1800년에 이르러서야 「헬레나 Helena」라는 제목의 단편斷片을 쓰게 되는데, 이것이 제2부의 핵심 내용이라 할 '헬레나 비극'의 단초가 되는 것이다.

아무튼, 이제 괴테는 '폭풍우와 돌진' 시대의 자신의 '작은 체험 세계'를 뒤로 한 채, '바이마르 고전주의' 시대의 자신의 '큰 체험 세계'를 그의 『파우스트』 제2부에서 전개해 보여 주고자 한다.

여기서 그의 새 인물 파우스트는 더는 '작은 세계'의 죄책에 얽매여 양심의 가책에 시달리고만 있어서는 안 될 것이고, 새로운 인간으로 거듭나서, 광활한 인류 역사의 여러 파고波高를 유영遊泳하는 전형적, 비유적 인물로 승화될 필요가 있게 된다.

잠에서 갓 깨어난 파우스트는 떠오르는 새 아침의 태양을 바라보면서 유명한 독백의 시를 읊는다.

불타오르며 우리를 휘감는 이것은 무엇이냐?

사랑이냐? 증오냐? 그것은 엄청난 고통과 기쁨을
교대로 선사하기에, 우리는 다시 땅을 내려다보며,
새벽녘의 안개 속에 우리를 숨길 수밖에!

그러니 태양이여, 내 등 뒤에 머물러라!
절벽에서 쏟아지는 폭포수를
점점 더 황홀해 하며 바라보노라니,
이제 폭포수가 낙하를 거듭하며
천 갈래 만 갈래로 흩어지며
공중 높이 물거품을 뿜어내는구나!
하지만 이 물보라로부터 흩어져 나와
주변에 향기롭고도 시원한 소나기를 쏟으며
때로는 선명하게, 때로는 공중에 퍼지면서
변화무상하게 떠오르는 둥근 무지개는 얼마나 아름
다운가!
이 무지개, 인간의 노력을 비춰 주는 거울!
이 무지개를 보며 잘 생각해 보라, 그러면 보다 정확
히 알게 되리라,

우리는 오직 칠색七色의 반조返照만 보고 삶을 이해한
다는 것을!

(4711~4727행)

밝아 오는 태양을 바라보던 인간 파우스트는 눈이 부셔 등
을 돌리게 된다. 그가 결국 깨닫게 되는 것은 우리 인간이 태
양을 바로 바라볼 수는 없고, 다만 그 "칠색의 반조"를 보고 태
양의 본성과 존재를 추측할 수 있을 뿐이라는 사실이다. 여기
서 우리는 일찍이 '색채론'을 깊이 연구한 분광학자分光學者 괴
테의 학식을 엿볼 수 있을 뿐만 아니라, 우리 인간은 '물자체'
는 인식할 수 없고 다만 그 '현상'을 보고 '물자체'의 본성을 짐
작할 수 있을 뿐이라는 칸트의 인식론까지 연상해야 한다.

여기 제2부의 벽두, 새로운 '여행'을 앞둔 파우스트의 독
백에서 언급되고 있는 이러한 철학적 인식은 앞으로 전개되
는 『파우스트』 제2부의 여러 인물과 사건들이 실제적 진실
에 부합된다기보다는 "모든 무상한 것은 단지 하나의 비유일
뿐"(12104-12105행)이며, "언어로 표현될 수 없는 것이 여기서 형
상화되어 있음"(12108-12109행)을 암시하고 있는 것이라 하겠다.

인생이 무상無常하여 그것이 도무지 언어도단言語道斷의 세계인데, 그래서 괴테는 그것을 비유로 형상화해 보여 주었다는 말이 아닌가! 우리는 이 말이 한국의 어느 노승老僧의 말이라 해도 믿게 될 것이다. 괴테와 불교에 대해서는 뒤에 다시 조금 더 언급해야 할 때가 있을 것이다.

2.「황제의 궁성. 옥좌가 있는 홀」

제2부 제1막의 시작이 복잡할 수밖에 없는 이유는 위에서 이미 설명했듯이, 악마와 어울려 다니는 중에 이미 '네 사람의 목숨'(그레첸의 어머니와 오빠, 그레첸과 아기)을 희생시킨 파우스트가 새날의 태양 아래서 다시 활동할 수 있으려면, 우선 그 자신이 '잠'과 '망각'의 과정을 거쳐야 하고, 그다음에는 관중도 파우스트를 '네 목숨을 앗아간 범죄자'로서만 다시 만나서는 곤란할 것이기 때문이었다.

아무튼, 제2부 제1막의 본격적 사건은 이제 이「황제의 궁성」장면부터 시작된다고 할 수 있다. 괴테는 보편성을 선호했기 때문에 어느 황제의 어느 궁성인지 명시적으로 밝히지는 않고 있지만, 파우스트 전설에도 언급되고 있는 신성로마 제국 황제 막시밀리안 I세(재위: 1493-1519)를 염두에 두지 않았을까 짐작되며, 여기서 문제시되고 있는 시기는 『파우스트』 제1부와 마찬가지로 16세기로 보인다.

하지만, 「황제의 궁성」에서 전개되고 있는 여러 장면과 에피소드들은 괴테의 삶과 연관시켜 볼 때, 바이마르에서의 그의 궁정 체험에 그 뿌리를 두고 있다고 봐야 할 것이며, 적어도 바이마르 공국에서의 궁정 체험 없이 「황제의 궁성」이 쓰일 수 없었으리라는 점은 명백하다. 다만, '황제의 궁성'과 '황제'가 매우 비판적인 시각으로 극화되어 나타나고 있기 때문에, 이것들을 괴테의 바이마르 체험과 직결시키려는 시도는 다소 무리가 될 것이다. 하지만, 괴테가 1831년, 죽기 1년 전에 『파우스트』 전편을 완성하고 나서 봉인한 다음, 자신이 죽고 나서 작품을 개봉하라고 한 것은 아마도 이 작품에 나타난 '황제 및 황궁에 대한 비판'이 바이마르 궁정에서 문제가 되는 것을 예방하기 위한 조치가 아니었을까 짐작된다.

다시, 「황제의 궁성」 장면으로 돌아가서 말하자면, 이 「황제의 궁성」 장면과 이에 뒤따르는 「부속실들이 딸린 넓은 홀」

등 일련의 장면들, 그리고 제2막의 「고전적 발푸르기스의 밤」 등은 모두 앞으로 제3막에서 전개될 '헬레나 비극'의 전주극 성격을 띠고 있다는 사실을 먼저 말해 두고 싶다. 다시 말하자면, 이 장면들은 파우스트가 어떻게, 왜 헬레나와 만나게 되고, 어떻게, 왜 헬레나와 결합하게 되느냐 하는 과정을 보여 주는 극적 장치라 하겠는데, 이 극적 장치 안에서도 또한 지폐 발행 사건, 인조인간 호문쿨루스의 등장과 '그리스에서의 발푸르기스의 밤' 등 여러 중요한 사건들이 배열되는 것이다.

자, 그러면, 이제 「황제의 궁성」 장면부터 찬찬히 살펴보기로 하자.

황제의 어전에서 추밀원 회의가 소집되었는데, 여기서 파우스트는 점성술사로, 메피스토펠레스는 어릿광대로 등장한다. 황제는 "우리가 모든 근심 걱정 털어 버리고 / 가장무도회를 열어 가짜 수염을 단 채 / 마냥 유쾌한 시간을 보내려는 이 날짜에" 하필이면 웬 추밀원 회의냐 싶소만, "그대들이 꼭 필요하다니, / 소집된 대로 회의를 시작하시오!"(4765-4771행) 하고 개회를 선언한다. 회의 개최에 대한 황제의 태도가 이렇게 소극적인 것도 말하자면 풍자의 일종이다. 이에, 재상은 제국의 정의와 질서가 무너진 총체적 위기상황을 개탄하고, 군사령관은 용병들에게 줄 급료가 없음을 호소하고, 재무상은 영방국領邦國 군주들에게 너무 많은 권한이 넘어가 황실의 재원이 고갈되었음을 보고하며, 궁내상은 모두들 과식, 과음을 일삼는 바람에 황궁 살림이 빚, 외상, 익년 회계의 선차입금先借入金에 의존하고 있다고 실토한다.

난감한 처지에 빠진 황제가 심심풀이로 어릿광대(원래의 어릿광대를 물리치고 메피스토펠레스가 새 어릿광대의 역할을 하고 있다.)에게 넌 무엇이 부족하냐고 물어보자, 그는 자신은 물론이고 제국도 아무 걱정할 게 없다며, "재능을 갖춘 사람의 신통력과 영적인 힘"(4896행)을 빌린다면, "산의 광맥이나 성벽 바닥에서 황금이나 금화를 발견할 수 있을"(4893-4894행) 것이라고 대답한다.

로마 가톨릭 교회의 고위 성직자이기도 한 재상이 '신통력과 영적인 힘"이란 것은 마술이며 이단이라고 규정하며 위험하다고 아뢰자, 어릿광대는 "당신들이 친히 계산하지 않은 것은 진실이 아니라고 믿으신다"(4920행)며, 성직자와 신학자를 신랄하게 비판한다.

황제가 공론空論을 중단시키고 중요한 것은 돈이니 어디 한번 돈을 구해 보라고 하자, 점성술사가 나서서, "즐거움을 원하는 자, [먼저] 자신의 피를 진정시켜야 한다"(5054행)고 하자, 황제가 이에 부화뇌동하여, "마침 성회聖灰 수요일이 다가오니, 즐거운 시간을 좀 가져보기로 하자!"며 카니발 개최를 선포하고 추밀원 회의를 종결한다.

3. 「부속실들이 딸린 널찍한 홀」

가장무도회를 위해 단장되고 장식된 널찍한 홀에서 의전관이 가장무도회의 개시를 알리는데, 제일 먼저 등장하는 무리는 피렌체의 꽃 파는 아가씨들이다. 연이어 남자 정원사들이 등장해서 과일을 판다. 딸을 데리고 나온 어머니는 "오늘은 바보들이 출동하는 날"인 만큼, 부디 "딸의 품에 한 놈 걸려들기"를 소망하기도 한다.(5196-5198행) 나무꾼들, 어릿광대들, 식객들, 술주정꾼도 등장하고, 온갖 시인도 등장하지만, 풍자시인만 몇 마디 살그머니 읊조린다.

연이어, 등장하는 것은 그리스 신화에 나오는 인물들인데,

우미優美의 여신들 3명과 운명의 여신들 3명, 그리고 복수의 여신들 3명이 모두 자기소개를 하는데, 그리스 신화에 대한 괴테의 해박한 지식을 엿보이게 하는 대목이기도 하다.

그다음에 의전관이 소개하는 것은 마치 "산"과 같이 다가오는 큰 코끼리였다. 코끼리의 목덜미에는 "상냥스럽고 가녀린 여인" '지혜'가 앉아서 가느다란 막대기로 능숙하게 코끼리를 몰아가고, 그 위에 늠름하고 존엄하게 서 있는 다른 여인 '승리'의 주위에는 눈부신 광휘가 빛나고 있다. 제국 또는 국가를 상징한다고 볼 수 있는 코끼리의 양옆으로는 고귀한 두 여인이 사슬에 묶인 채 걸어가고 있는데, 불안해하고 있는 건 '공포'이고 즐거워하는 것은 '희망'이다. 이때, 호메로스의 서사시를 악의적으로 비판한 그리스의 수사학자 초일로Zoilo와 『일리아스』에 나오는 추악한 비평가 테르지테스Thersites의 이름을 합성한, 초일로-테르지테스가 나타나 '승리'의 여신을 비난하다가 의전관의 지휘봉을 얻어맞고 살무사와 박쥐로 분신하고 또 동시에 변신해서 달아난다.(5395-5480행) 여기서는 비평가에 대한 괴테의 평소의 증오가 엿보인다 하겠다.

그다음 등장하는 것은 용들이 끄는 사두마차인데, 거기에는 3명이 타고 있다. '풍요'와 '부富'의 알레고리인 플루토스Plutos로 변장한 파우스트, 깡마른 남자 '탐욕'으로 변신한 메피스토펠레스, 그리고 '마차 모는 소년'이다. 소년의 말에 의하면, "지엄하신 황제께서 그분[파우스트]을 몹시 원하셔서"(5571행) 왔다는 것이다. 자신에 대해서도 소개를 해 보라는 의전관의 요청에, '마차 모는 소년'은 자신이 '낭비'이고 '시'며, "자기 자신의 재산을 낭비할 때 / 완성되는 시인"(5573-5575행)이라고 대답하면서, 자기도 "플루토스처럼 이루 헤아릴 수 없는 부의 소유자"(5576행)라고 말한다. 그러고는 손가락을 튀기면서, 각종 장신구나 보석을 군중들에게 뿌려 주지만, 그것들은 금방 풍뎅이나 나비로 변하고 만다. '마차 모는 소년'은 플루토스와 헤어지기 전에 의미심장한 말을 한다.

당신이 머무는 곳에는 풍요가 있고, 제가 머무는 곳엔
누구나 훌륭한 이득을 얻었다는 기분을 느끼지요.
모순된 삶 속에서 사람은 누구나 자주 흔들리지요.
당신을 따를까, 나의 말을 들을까?
하긴, 당신을 선택한 사람들은 한가로이 쉴 수 있지요.

하지만, 절 따르기로 한 사람들은 항상 일해야 합니다.

나는 내 행동을 비밀리에 수행할 수가 없습니다.

내가 숨만 쉬어도, 사람들은 벌써 다 알게 되니까요.

(5699-5706행)

이것은 부자와 시인, 군주와 계기契機시인, 현실적 인간과 정신적 인간의 차이일 뿐만 아니라, 괴테라는 한 인물만 두고 보더라도 바이마르 궁정사회에서의 정치를 하는 현실적 인간 괴테와 작품을 써야 하는 시인으로서의 괴테 사이의 갈등이기도 할 것이다.

소년을 보낸 플루토스-파우스트는 마차에 싣고 온 궤짝들을 여는데, 금 그릇, 동전 꿰미, 금화들이 마구 쏟아져 나온다. 구경꾼들이 몰려들자 '탐욕'으로 변장한 말라깽이 메피스토펠레스가 금을 반죽하여 남근을 만든 다음, 그것을 귀부인들에게 내미는 바람에 그녀들이 비명을 지르며 도망치기도 한다.

한편, "바위의 외과의사"(5849행)인 난쟁이들이 산의 광맥에서 광물이 들끓는 뜨거운 샘을 발견했는데, 그들은 판Pan으로 가장한 황제와 그 일행을 그 샘으로 인도한다.

의전관

위대한 판은 기분 좋게 서서

그 경이로운 광경을 즐기고 있는데,

진주 거품이 좌우로 튀고 있군요.

어떻게 저런 난쟁이 족속을 믿고 저러실까요?

몸을 깊숙이 굽혀 그 안을 들여다보시네요. ―

저런! 폐하의 가짜 수염이 샘 안으로 떨어져 버렸

습니다!

[······]

이제 엄청난 재앙이 뒤따르는군요.

불붙은 수염이 되날아와서,

화관과 머리와 가슴에 불을 붙여서,

즐기던 일이 고통으로 바뀌네요.

(5926-5937행)

황제가 화상을 입었다 하여 모두 당황해서 야단이 났으나, 플루토스-파우스트는 안개와 비를 품은 구름에게 명하여 허황한 불의 유희를 정지시킨다.

4. 「궁정 화원」

그 이튿날 아침 파우스트는 황제 앞에 끓어 엎드려, 어젯밤의 '불꽃 요술 장난'에 대해 용서를 빌지만, 황제는 그 일을 오히려 즐겁게 회상한다. 이에 메피스토펠레스는 불꽃조차 황제 폐하께 무조건적 복종을 보여 준 것이라면서, 불이란 요소뿐만 아니라 물이란 요소, 즉 바다도 폐하를 환영할 것이라고 아첨을 떤다. 이때 궁내상이 달려와 기뻐하면서 제국의 빚이 모두 정리되었다는 보고를 하고, 군사령관도 달려와서 군인들의 급료가 모두 지불되었으며 병사들의 사기가 오르고 술집 주인과 작부들도 살판이 났다는 보고를 하며, 재무상과 재상도 뒤따라 들어와 '지폐 발행'의 효과와 큰 성과를 보고한다. 황제는 누가 자신의 서명을 위조해서 지폐를 발행했느냐고 묻지만, 어젯밤 판으로 분장하고 계실 때, 분명 서명을 해 주셔서, 밤사이에 마술사의 도움을 받아 지폐를 발행했다는 것이었다.

그래서 파우스트와 메피스토펠레스는 제국의 경제에 활기를 불어넣은 공적으로, 황제의 큰 신임을 받게 되지만, 바로 이 공적 때문에 또한 그들은 곧 큰 난관에도 봉착하게 된다. 즉, 그들의 힘을 과신한 황제가 "헬레나와 파리스를 자기 눈앞에서 친히 보고 싶어 하신다", 즉 "남자들과 여자들의 모범상을 / 분명한 형상으로 보고 싶다"(6183-6186행)는 소망을 말했다는 것이다. 그것도 당장 거행해 내라니, 파우스트는 물론이고 악마라도 곤혹스러워 할 만한 큰 숙제가 새로 생긴 것이다.

15장

헬레나와 파리스 소환

1. 「어두운 회랑」

「어두운 회랑」 장면에서 파우스트는 메피스토펠레스에게 헬레나와 파리스를 직접 보고 싶다는 황제의 소원을 전한다. 그는 "우리가 황제를 부유하게 해 주었더니, 이제는 자기를 즐겁게 해 달라는 것"(6191-6192행)이라며, 메피스토펠레스에게 즉각 그 방도를 찾아낼 것을 명령한다.

이에 메피스토펠레스가, 그리스인들의 악마는 독일인들의 악마와는 또 다른 부류이기 때문에, 자기로서는 그게 정말 영역 밖의 일이라며 발뺌하고자 하지만, 파우스트는 물러서지 않고 계속 자신의 요구를 되풀이한다. 이에 메피스토펠레스는 파우스트가 헬레나와 파리스를 데려오자면, '시공을 초월하는 어머니들'에게로, 즉, 이미 존재했던, 그리고 앞으로 존재할 모든 형상들을 품고 있는 "어머니들Mütter"에게로 가야 한다고 말한다. 그러면서 메피스토펠레스는, "그대들 유한자들은 알지 못하는 여신들"(6218-6219행)의 외롭고 황량한 세계로 파우스트가 직접 탐험해 가는 수밖에 없다며, 그를 '어머니들'에게로 안내해 줄 열쇠를 건네준다. 이 열쇠를 따라가노라면, 불타는 삼각三脚 향로가 하나 나올 텐데, 마치 명령을 내리는 듯한 주인의 몸짓으로 그 향로에다 열쇠를 갖다 대면, 삼각 향로가 주인을 따라올 것이라고 한다.

그래서, 파우스트는 그 열쇠를 갖고서 혼자 '어머니들'한테로 내려가는 모험을 감행한다.

"저 열쇠가 제발 그를 잘 인도해야 할 텐데!
그가 다시 돌아올 수 있을지 궁금하네."

(6305-6306행)

이것은 메피스토펠레스가 '어머니들'한테로 내려가는 파우스트를 바라보면서 하는 혼잣말이다.

연이은 「밝게 불 밝힌 홀들」이란 장면에서, 시종과 궁내상은 황제가 옛 미인들을 어서 보고 싶어 한다며 황궁에 남은 메피스토펠레스에게 일을 서둘라고 재촉한다. 하지만, 메피스토펠레스는 파우스트가 어려운 마법을 부리고 있으니, 조금만 더 기다려 달라고 말한다.

2. 「기사의 홀」

「기사의 홀」이란 이 장면은 하나의 연극이 공연되고 있는 것으로 보아야 한다. 조명이 어둑하다는 것도 무대 지시문에 가깝고, 황제와 그 신하들이 들어와 자리를 잡고 앉아 전면을 바라보고 있는 것도 극장 비슷하다. '의전관'이 나타나, "연극을 소개해 오던 제가 / 유령들이 은밀하게 날뛰고 있는 바람에 할 일이 없게 되었습니다. / 이런 혼란스러운 변화를 / 납득하시도록 잘 설명드리기가 어렵습니다"(6377-6380행)라고 말하면서, 그래도 황제와 신하들, 그리고 연인들도 다 좌정했으니, 유령들이 나타나도 좋다며 연극의 시작을 알린다.

　메피스토펠레스는 프롬프터 구멍 너머에 자리를 잡았고, 드디어 파우스트가 삼발이 향로와 함께 등장해서 열쇠를 향로에 갖다 대니, 안개와 음악과 향기가 넘쳐나면서 아름다운 청년의 형상이 서서히 나타난다. 파리스다. 여성들은 파리스의 모습에 경탄을 불금하지만, 남자들은 약간의 불만과 비판을 토로한다. 그다음에 헬레나가 등장한다. 파우스트는 극중의 자신의 역할을 잊은 채, 헬레나의 아름다움에 취해, "내 장차 그대로부터 다시 떨어지는 일이 생긴다면, / 내 삶의 숨결이 힘을 잃어버려도 좋으리라!"(6493-6494행)라고 말한다. 메피스토펠레스는 프롬프터 구멍으로부터 파우스트에게 제발 정신 차리라고 핀잔을 준다. 여자들은 헬레나를 보고 어딘가 트집을 잡지만, 기사나 시동, 학자 등 남자들은 헬레나의 아름다움을 찬양한다. 이윽고 파리스가 헬레나를 안고 높이 들어 올리자, 점성술사가 이 연극을 '헬레나 납치'라고 규정한다. 이에, 파우스트가 갑자기 분통을 터뜨리며 말한다.

　납치라니! 내가 이 자리에 왜 있는가!

열쇠도 내 손 안에 있다!

이것이 그 무서운 적막과 고독의 파도를 헤치고

날 이 안전한 해안으로 인도해 주었어.

[……]

비록 그녀가 먼 곳에 있었지만, 이렇게 내게 가까이
있는 것이다!

내 그녀를 구원할 것이다. 그러면 그녀가 이중으로
나의 것이 되리라.

(6549-6457행)

이렇게 말하며 파우스트는 헬레나를 붙잡으면서 열쇠를
파리스의 몸에 갖다 댄다.

이 순간, 폭발이 일어나고 파우스트가 바닥에 쓰러짐과 동
시에 유령들은 연기 속에서 홀연히 사라진다. 메피스토펠레
스는 쓰러진 파우스트를 어깨 위에 둘러맨 채 어둡고 혼란스
러운 극장, 즉 「기사의 홀」을 떠난다.

16장

—

인조인간 호문쿨루스

1. 「높고 둥근 천장의 고딕 양식의 방」

파우스트를 어깨 위에 둘러맨 메피스토펠레스가 다다른 곳은 파우스트의 옛 연구실이다. 파우스트는 커튼 뒤의 낡은 구식 침대 위에 누여져 있다. 메피스토펠레스가 파우스트를 내려다보며 말한다.

여기 누워 있어요, 불행한 사람이여!
풀기 어려운 사랑의 끈에 묶이다니!

헬레나에게 넋을 빼앗긴 자,
제정신 다시 차리기 힘들지.

(6566-6569행)

여기서 메피스토펠레스는 다시 파우스트의 책상에 앉아, 전에 대학 신입생으로 찾아왔던 그 학생(1868-2048행)을 다시 만나는데, 이미 학사가 된 그는 경직된 대학의 체제와 고루한 교수들을 신랄하게 비판한다.

우리가 세계의 절반을 정복하는 동안
당신들이 한 일이 무엇입니까? 꾸벅꾸벅 졸고 명상하고
꿈꾸고 궁리하며 계획에다 자꾸만 또 계획을 세웠지요.
틀림없어요! 늙음이란 필연적으로 다가오는 우수의 오한이며
차가운 열병이지요.
사람은 삼십이 넘으면
이미 죽은 거나 진배없어요.

늦지 않게 당신들을 때려 죽이는 게 상책일 듯합니다.

(6782-6789행)

이 대목은 시대에 뒤떨어진 대학과 고루한 대학 교수들에 대한 신랄한 비판이기도 하지만, 당시 젊은이들이 기성세대에 대해 품고 있던 분노의 표출이기도 하다. 대학이란 거대 조직에 마모되고 있는 학문 후속세대의 이러한 비판과 분노가 오늘날에도 여전히 상존함은 물론이거니와, 대학 체제의 경직성과 교수들의 고루성에 대한 괴테의 이러한 비판은 유감스럽게도 오늘날의 대한민국 대학 사회에도 여전히 유효하다. 특히, 현재 한국의 국·공립 및 사립 대학에서 공공연히 자행되고 있는 학문 후속세대에 대한 착취 구조와 이에 대한 기성 전임 교수들의 후안무치한 불감증이 연상되는 장면이기도 하다.

각설하고, 파우스트의 조수였던 바그너는 파우스트의 부재 시에도 연구를 계속한 결과, 시험관 안에다 인조인간 호문쿨루스를 배양하고 있는 중이었다. 우주적 탐구보다는 자신의 연구성과에 집착하는 야심가 유형의 계몽주의적 학자 바그너는 메피스토펠레스에게 마침 잘 왔다며, 자신이 만들고 있는 인조인간을 자랑한다.

> 자연의 신비로 찬양받던 것을
> 이제 우리는 오성으로 시험해 보고자 합니다.
> 그래서 지금까지 자연이 유기체로 만들어 오던 것을
> 우리는 이제 결정체로 조작하는 것이지요.
>
> (6857~6860행)

호문쿨루스는 태어나자마자, 시험관 속에서 바그너를 보고 말한다.

> 자, 아빠! 지금 어떤 상태지요? 농담은 아니었네요.
> 자, 저를 아주 정답게 아빠의 가슴에 꼭 안아 주세요!
> 하지만, 너무 세게 힘을 주지는 마시고요! 유리가 깨어지면 안 되니까요.
> 사물의 성질이란 것이 묘해서,
> 자연적 존재에게는 우주라도 부족하지만,
> 인공적 존재에게는 폐쇄 공간이 필요하지요.

(메피스토펠레스에게)

아, 심술궂은 장난꾼, 아저씨도

때맞춰 오셨군요! 고맙습니다.

당신이 이렇게 우리한테 오신 건 행운입니다.

존재하는 동안 저도 활동을 해야 하니까,

저도 즉각 활동을 시작할 채비를 하고 싶어요.

당신은 제가 갈 길을 도와줄 방도를 알고 계시겠지요.

(6879~6890행)

이에, 메피스토펠레스는 옆문을 열어젖히고 호문쿨루스에게 침상에 누워 있는 파우스트를 보여 주면서 우선 이 상황에서 그의 재능을 한번 보여 주기를 청한다.

호문쿨루스는 바그너의 손을 빠져나와 파우스트 위를 떠돌며 자신의 빛으로 파우스트를 비추면서, 무성한 작은 숲, 맑게 흐르는 물, 옷을 벗는 여인들, 그중 가장 빛나는 최고의 미녀, 백조로 변하는 헬레나를 노래한다. 메피스토펠레스가 자기 눈에는 아무것도 보이지 않는다고 하자, 호문쿨루스는 "북방 출신인데다 어두운 중세에 태어난" 메피스토펠레스가 그것을 보지 못하는 것은 당연하다며, 파우스트를 살리자면, 그를 데리고 '고전적 발푸르기스의 밤'으로 가야 한다고 말한다. 호문쿨루스는 테살리아의 마녀들을 만나보는 것이 메피스토펠레스한테도 흥미롭지 않겠느냐며 은근히 그를 유혹한다.

그리하여, 호문쿨루스의 안내로 메피스토펠레스와 파우스트는 그리스의 테살리아로 떠나게 되는데, 이때 자신의 피조물로부터 버림받은 바그너가 "그럼, 나는?"(6987행)하고 자신의 역할에 대해 물어보지만, 호문쿨루스는 바그너에게 계속 그 자리에 남아, 호문쿨루스 자신이 "완성된 인간이 되기 위해 불가결한 점 하나를 찾기"(6994행)까지, 즉 자신을 위한 '화룡점정畫龍點睛'이 이루어질 때까지, 기다리라고 주문한다.

2. 「고전적 발푸르기스의 밤」

'고전적 발푸르기스의 밤'이란 것은 제1부에 나온 하르츠 산맥 브로켄산에서의 '발푸르기스의 밤'에 대비하여, '그리스에서의 마녀들의 밤'이란 의미이며, 호문쿨루스의 안내로 메피스토펠레스와 파우스트가 남국 그리스를 탐방하는 일종의

'여행기'이기도 하다.

세 명의 여행자는 여행 목적이 각기 다르다. 파우스트는, 호문쿨루스의 진단에 의하면, 헬레나를 만나지 못하면 '즉각 죽을 것'(6931행)이기 때문이고, 메피스토펠레스는 파우스트와 동행해야 하는 의무 이외에도 테살리아의 마녀들에 대한 호기심 어린 색욕 때문이며, 정신적 존재로 태어난 호문쿨루스는 육체를 얻어야 인간으로 완성될 수 있기에 그에게는 이 여행이 육체를 얻기 위한 탐험이 되는 것이다.

메피스토펠레스가 파우스트를 그리스 땅에 내려놓자마자, 정신이 돌아온 파우스트가 입 밖에 낸 소리는 "그녀는 어디 있지?"(7056행)였다. 호문쿨루스는 "어머니들한테로까지 갔던 분"이 못하실 일이 없을 거라며 '발푸르기스의 밤'이 새기 전에 여기저기 잘 찾아보시라고 말한다.

여기서 셋은 호문쿨루스가 빛과 소리로 신호를 보내면 다시 모이기로 하고 일단 서로 헤어져 각자 자신의 탐색의 길에 나서기로 한다.

우선, 파우스트는 스핑크스들에게 헬레나가 어디 있는지를 물어보는데, 스핑크스들은 '발푸르기스의 밤'에 이곳을 돌아다니는 키론에게 물어보라고 한다. 파우스트가 이윽고 키론을 만나는데, 그가 키론을 멈춰 세우려고 하니까 키론은 자기는 정지할 수 없다며 파우스트를 자기 등 위에 태워 주고 달리면서 대화한다. 이아손, 오뒤세우스, 헤라클레스 등등 그리스의 영웅들 이야기를 하던 중 파우스트가 헬레나에 관해 물으니, 키론의 대답인즉 헬레나도 파우스트처럼 자기 등 위에 올라타고 달린 적이 있다고 한다. 파우스트는 자신이 오늘 헬레나를 만났는데, 그녀에게 홀딱 빠져서 "그녀를 얻지 못하면, 살아갈 수 없다"(7445행)고 고백한다. 이에, 키론은 저승으로 들어가는 입구를 지키는 만토^{Manto}라는 예언녀를 안다며, 그를 그녀에게 데려다준다. 만토는 "불가능한 것을 갈망하는 사람을 좋아한다"(7488행)며, 언젠가 자신이 오르페우스를 안내해 준 것과 마찬가지로 파우스트에게도 '페르세포네가 있는 곳', 즉 명부^{冥府}로 통하는 길을 안내해 준다.

한편, 메피스토펠레스는 북방과는 다른 남방의 마녀들, 싸이렌 등 남방의 유령들과 부딪히며 다니던 중에 혼돈의 딸들이며, 눈과 이빨이 하나뿐이라 서로 빌려서 쓰는 포르키아스 자매들을 만나 포르키아스의 형상을 빌린다.

그림 6 파우스트와 메피스토펠레스

호문쿨루스는 아낙사고라스와 탈레스라는 두 철학자를 따라다니며, 그들의 화성설火成說과 수성설의 논변을 듣다가, 마침내 탈레스를 따라 바닷속으로 들어간다. 하지만, 호문쿨루스는 네레우스의 딸 갈라테이아의 오색찬란한 조개수레에 부딪혀 산산조각이 나고 만다. 육체를 얻어 완전한 인간이 되기를 갈망했던 호문쿨루스는 결국 에로스에 의해 4원소로 되돌아가고 마는 것이다. 이로써, 괴테는 자신이 창조한 최초의 인조인간에게 비극적 최후를 부여하였는데, 오늘날의 '인공지능'이나 '로봇 인간'의 문제와도 직결되는 최초의 문학적 문제

제기이며, 이 문제 제기 자체가 오늘날에는 또한 새로운 연구 대상이기도 하다.

호문쿨루스의 죽음과 함께 제2부 제2막이 끝이 난다. 여기서 가장 두드러진 특징은 서북유럽의 게르만 문화로부터 온 3명의 여행자 파우스트, 메피스토펠레스, 그리고 호문쿨루스가 동남유럽의 그리스 문화의 세계에 들어오게 된다는 사실이다. 이들 셋이 만나는 모든 등장인물들은 직접적 또는 간접적으로 그리스 문화를 대변하고 있으며, 이들의 언행을 통해 결국 독자도 그리스 문화에 흠뻑 젖게 된다. 북구 정신의 인위적 소산의 극치라 할 호문쿨루스가 결국 갈라테이아의 아름다움에 부딪혀 장렬한 최후를 맞이하게 되는 것 역시 이와 같은 북구와 남구의 문화적 컨텍스트에서 상징적으로 이해될 수 있을 것이다.

인조인간 호문쿨루스가 이렇게 산화하고 나서는, 헬레나를 찾아 지하세계로 들어간 파우스트와 포르키아스로 변신한 메피스토가 어떻게 다시 만나며, 또한 구체적으로 무슨 일을 벌이는가 하는 것이 독자들에게 궁금한 이야기로 남는데, 그것이 제3막으로서 그 유명한 '헬레나 비극'의 본체이다. 제3막은 그 자체가 하나의 극중극 형태를 띠고 있는데, 그것은 제3막의 끝에 있는 "막이 내려온다"라는 지문地文에서 비로소 확인된다.

17장

—

헬레나 비극

1.「스파르타에 있는 메넬라오스왕의 궁전 앞」

　제3막의 첫 장인 「스파르타에 있는 메넬라오스왕의 궁전 앞」은 우선 헬레나의 긴 독백으로 시작한다. 이제 막 트로이 전쟁에서 개선해서 스파르타 항구에 도착한 메넬라오스왕은 헬레나와 그 시녀들에게 먼저 궁전으로 가서 제사 준비를 해놓도록 당부하고 자신은 우선 장병들과 귀환의 기쁨을 나누고 있는 중이다.

　헬레나의 독백에서 드러나는 그녀의 일말의 불안감은 남

편 메넬라오스의 냉정한 태도 때문에 생기는 것이었다. 그는 귀향하는 배 안에서도 그녀에게 다정한 시선 한 번 주지 않았다. 궁전에 먼저 들어가서 올림포스 신들에게 올릴 제사 준비를 해 놓으라는 분부만 했지 희생물을 무엇으로 준비할 것인지에 대해서는 말하지 않았다. 어쩌면, 그 희생물이 자기 자신일지도 모른다는 일말의 불안감을 지닌 채, 그녀는 궁전 안으로 들어선다.

시종들과 시녀들로 분주해야 할 궁전 안에는 「고전적 발푸르기스의 밤」에 포르키아스로 변신한 메피스토펠레스-포르키아스가 궁정 여집사로 홀로 앉아서 헬레나를 맞이하는데, 헬레나는 그 음산한 분위기와 포르키아스의 추악한 모습에 당황한다. 여주인 헬레나가 없는 동안, 메넬라오스의 명을 받고 궁전 살림을 도맡아 왔다는 이 추악한 여자 집사장은 돌아온 여왕과 그 시녀들(합창대)의 귀에 거슬리는 온갖 말을 함부로 뱉어 내었기 때문에, 헬레나의 편을 드는 합창대 아가씨들과 포르키아스 사이에 지루한 말다툼이 벌어진다.

마침내 헬레나가 프로키아스에게 메넬라오스왕이 명한 대로 제사 준비를 명하자, 포르키아스는 제기들, 향로, 날카로운 도끼 등 모든 준비가 다 되었으니, 희생할 제물만 말씀하시라고 한다.

헬레나

폐하께서 그것은 말씀하지 않으셨어.

포르키아스

말씀하시지 않으셨다구요? 아, 이런 괴로운 일이!

헬레나

뭣이 그리 괴롭단 말이냐?

포르키아스

여왕님, 제물은 바로 여왕님이십니다!

헬레나

나라구?

포르키아스

그리고 이 아가씨들이죠.

합창대

아, 슬프고

괴롭구나!

(8923-8925행)

포르키아스는 헬레나로 하여금 그녀의 불길한 예감을 자신에게 현실로 다가온 위험으로 실감하도록 만드는 데에 성공하고, 잔뜩 겁을 집어먹은 합창대 아가씨들은 포르키아스에게 이 위험한 상황을 벗어날 수 있는 방도를 묻는다.

메넬라오스 일행이 궁정으로 진입하는 나팔 소리가 들리자, 포르키아스는 어렵지 않게 헬레나와 그녀의 시녀들을 안전한 곳이라며 파우스트의 궁성으로 안내해 가는 데에 성공한다.

2. 「성채의 안마당」과 「그늘진 숲속」

스파르타 인근에 자리를 잡은 중세의 게르만인 성주 파우스트는 자신을 찾아온 헬레나와 그녀의 시녀들을 극진히 대접하면서 다음과 같은 유명한 대사를 읊조린다.

강력한 힘으로 여인들을 지킬 줄 아는 자만이
그들의 은총을 입을 자격이 있는 것이다.

(9444-9445행)

    연이은 「그늘진 숲속」 장면에서 포르키아스는 잠자는 합
창대 아가씨들을 깨워, '그늘진 숲속'의 동굴과 정자에서 파우
스트와 헬레나가 보내는 목가적 삶을 얘기해 주고, 이어서 아
들 에우포리온이 탄생한 소식을 전해 준다. 에우포리온은 껑
충껑충 뛰기를 좋아하는데, 부모는 걱정이 되어 날지는 말라
고 했지만, 갑자기 사라졌다가 절벽 위에 다시 나타난 모습은
마치 어린 아폴론처럼 황금 칠현금을 들고 있었으며, 그 아이
의 머리가 찬연히 빛났다고 했다.

    이윽고 에우포리온이 직접 등장해서 말한다.

이젠 절 뛰게 해 주세요.
이젠 튀어 오를래요!
어디든 공중으로
솟구쳐 오르고 싶은 게

제 욕망이에요.

전 벌써 이 욕망에 사로잡혀 버렸어요.

(9711-9716행)

    헬레나와 파우스트의 걱정과 우려에도 에우포리온은 더욱 멀리 가고 싶어 하고, 더욱 높이 날고 싶어 한다. 합창대의 여인들이 "사랑스러운 나라에 / 사랑스럽게 머물러" 주기를 간청하지만, 에우포리온은 점점 더 높이 비행하면서 말한다.

> 이 땅에 태어난 사람들
> 위험에 또 위험 들이닥쳐도
> 자유를 사랑하고 한없는 용기를 발휘하여
> 아낌없이 자신의 피를
> 억누를 길 없는 성스러운
> 뜻을 위해 바치니,
> 이 모든 전사들에게
> 이 땅이 승리로 보답하리라!

(9843-9850행)

에우포리온의 이 말은 1822년부터 오스만 튀르크로부터 독립을 위해 싸우는 그리스인들에 대한 격려이며, 따라서 그리스 해방전쟁에 참전했던 영국의 시인 바이런을 연상시킨다.

그대들 정복되지 않고 살려거든
가볍게 무장하고 어서 전장으로 나가라.
여자들도 아마존의 전사들이 되고
모든 아이도 영웅이 되어라.

(9859-9862행)

에우포리온-바이런의 이 말에 연이어 노래하는 합창대의 다음 대사를 들어보자!

성스러운 시여
하늘 높이 오르시오!
가장 아름다운 별이시여, 빛나시오,
멀리, 그리고 그렇게 더 멀리까지!
그래도 시의 소리, 우리한테까지 들려오고

지금도 그 소리 언제나 우리 귀에 쟁쟁하며

사람들 또한 기꺼이 그 시에 귀를 기울여요.

(9863-9869행)

여기서 합창대는 갑자기 '시Poesie'라는 알레고리를 찬양하는데, 이것은 에우포리온-바이런을 시 자체로 승화시키는 의미가 있다. 파우스트와 헬레나의 아들인 에우포리온이 '마차 모는 소년'(5573행 참조)처럼 시간과 공간을 초월하여 존재하는 '시'라면, 결국 '헬레나 비극'의 의미가 확장된다. 북방 게르만인 파우스트와 남방 그리스인 헬레나의 결합의 열매인 에우포리온은, 즉 '시'는 이제 어떻게 될 것인가?

에우포리온은 "죽음의 명령"(9888-9889행)이라며, 헬레나와 파우스트, 그리고 합창대의 간절한 만류를 뿌리치고, "멀리서 관망하라고요? / 아니, 그럴 수는 없어요! 걱정과 고난을 그들과 함께할 거예요"(9893-9894행)라며 허공에 몸을 던진다. 옷자락이 일순 그의 몸을 지탱해 주는데, 그의 머리가 빛을 발하고 빛의 꼬리가 그의 뒤를 따른다. 이카루스Ikarus처럼 높이 날다가 지상에 시체로 떨어진 에우포리온의 죽음을 목도한 헬레나는 파우스트를 한번 포옹해 준 다음 홀연히 사라지고 만다. 파우스트의 팔에는 그녀의 옷과 베일만 남아 있다.

"막이 내려온다. 무대 전면에 있던 포르키아스가 거인처럼 일어선다. 그러나 굽 높은 무대용 구두를 벗고, 가면과 베일을 뒤로 젖히자 메피스토펠레스의 얼굴이 드러난다. 혹시 필요할 경우, 에필로그 형식으로 이 극을 해설하기 위해서다." 라는 지문을 보자면, 독자는 이 제3막 전체가 한 편의 연극이었음을, 즉 극중극이었음을 비로소 알게 된다.

헬레나가 남긴 옷과 베일만 들고 있는 파우스트에게 포르키아스-메피스토펠레스가 말하기를, 헬레나의 유품을 단단히 붙잡고 공중으로 날아오르라고 하면서, 곧 다시 만나자고 한다. 헬레나의 의상이 구름이 되어 파우스트를 휘감고 공중을 비행해 간다.

이로써, 제2부의 시작부터 간간히 암시되고, 제2부 제2막에서 많은 준비 작업이 진행되다가, 제3막에서 비로소 한 편의 독립된 연극의 형식으로 나타난 이른바 '헬레나 비극'이 끝난 셈이다.

물론 헬레나는 파우스트 전설에 이미 등장하는 인물이기

도 하다. 하지만, 괴테의 『파우스트』에서의 헬레나는 더는 파우스트의 음행淫行을 강조해서 보여 주기 위한 수단이 아니라, 독일인 괴테가 자신의 일생의 교양과정에서 섭렵한 그리스 문화 전반을 대표하는 상징이며, 북방 게르만인 파우스트가 동경한 남국적 아름다움의 상징이기도 하다. 파우스트와 헬레나의 결합의 소산인 아들 에우포리온이 '시'이며, '시'가 죽는다는 것은 괴테에게는 이루 말할 수 없는 비극이다. 그것은 그의 모든 문학적 성취가 한갓 헛된 꿈에 불과했음을 의미하기도 하며, 그가 쉴러와 함께 달성한 바이마르 고전주의의 허망한 몰락을 상징하는 것이기도 한다.

이런 의미에서 이 '헬레나 비극'은 괴테 연구의 미학적 아킬레스건이고, 아직 완결된 해석이 나와 있지 않으며, 앞으로도 보다 심도 있는 고찰과 연구가 필요하다.

18장

—

파우스트의 새로운 의욕

1. 「고산 지대」

파우스트는 헬레나의 의상이 남겨준 '구름 수레meiner Wolke Tragewerk'를 타고 어느 높은 산 위에 내려앉는다. 메피스토펠레스도 따라와 높은 바위산 위에서 파우스트와 악마가 다시 대화를 시작한다.

'헬레나 비극'은 북방인 파우스트의, 또는 시인 괴테의 미학적 비극이기도 하다. '헬레나 비극'을 뒤로 한 파우스트는 "이 지상에는 / 아직도 위대한 행위를 할 여지가 남아 있다"(10181-10182행)라고 말하고, "지배력을 얻고 싶다, 재산도! / 행위가 전부다!"(10187-10188행)라며, 바닷물을 막아 간척사업을 하고 싶다는 소망을 토로하면서, 이 소망을 이루도록 자기를 도와줄 것을 주문한다. 여기서부터 사실상 '행위자 비극'이 예고되고 있다. 이제 파우스트는 더는 시인으로서 미학적 완성을 이루려는 것이 아니라, 사회활동을 통한 '행위자'로서 성공해 보고 싶은 욕구를 드러내고 있는 것이다.

메피스토펠레스는 파우스트와 자기가 지폐를 발행함으로써 재정 위기를 벗어나게 도와주었던 그 황제가 국정을 게을리하고 향락에 빠진 결과, 일부 성직자들과 고위 관료들이 주축이 되어 새로운 황제를 내세웠기 때문에, 황제군과 반군叛軍이 현재 이 부근에서 최후의 결전을 앞두고 있는 상황이라며, 만약 파우스트가 황제를 도와 반군을 물리치는 승리를 이끌어 낸다면, 아마도 파우스트의 새로운 소원, 즉 새로운 '행위Tat'의 꿈을 이룰 수 있는 방도가 나올 듯하다고 말한다.

우리가 황제의 옥좌와 제국을 지켜 준다면,
당신은 무릎을 꿇고 그의 신하가 되어

한없이 넓은 해안지대를 봉토封土로 받을 것입니다.

(10304-10306행)

　그래서, 파우스트와 메피스토펠레스는 황제의 진영으로
가서 ―자기들은 로마에서 화형을 당하기 직전에 마침 그 옆
을 지나가던 황제 폐하가 사면해 주었던 그 노르치아 출신의
강신술사降神術師가 자신의 생명의 은인인 황제 폐하를 도와드
리라고 파견한 사자들이라며(아마도 둘은 전에 지폐 발행을 통해 황
제를 도왔던 그 두 인물과 동일 인물로 인식되는 것을 피하기 위해 이렇게 강
신술사의 사자로 자칭한 듯하다), 황제군의 진영에서 황제 폐하를
도울 수 있게 해 달라고 청한다.

　허락이 떨어지자 메피스토펠레스는 우선, 자신의 부하들
인 '싸움꾼', '날치기', '들치기' 등을 동원해서 황제군을 돕도록
한다. 그러나, 다른 전선에서 황제군이 반군에게 밀리자, 메
피스토펠레스는 물의 요정 운디네Undine에게 부탁해서 폭포수
환영을 불러일으켜 반군에게 때아닌 수공水攻을 퍼부음으로써
폭포수의 환영에 허덕이는 그들을 완전히 제압한다.

2.「반역 황제의 천막」

이 장에서는 전쟁이 끝난 마당에 재빨리 전리품을 챙기는 왈패들과 그들을 단속하기 위해 적의 진영에 막 도착한 황제의 친위병들 사이의 다툼이 묘사되는데, 전쟁이 끝난 곳이면 어디서나 볼 수 있는 이런 약탈 광경이 괴테에 의해 풍자되고 있는 것이기도 하다.

그다음에는 승리한 황제가 다섯 명의 공신들에게 논공행상을 하는 장면이 나오고, 논공행상이 끝나자, 네 명의 세속적 제후들은 물러갔지만, 대주교로서 세속직을 겸하여 황제를 보좌하고 있는 대재상은 뜻밖에도 그 자리에 더 남아서 황제에게 비장한 어조로 말한다.

대주교
재상으로선 물러났지만, 이제 주교로 남아서
폐하께 진지한 간언을 올리고자 하옵니다.
아버지 같은 이 마음, 폐하를 위한 걱정으로 불안
하나이다.

황제

기쁜 시간에 무엇이 불안하단 말이오? 말해 보시오!

대주교

이 시간에도 제가 심히 괴롭게 여기는 것은

폐하의 지극히 성스러운 머리가 사탄과 결탁해 있

기 때문입니다.

(10977-10982행)

대주교는 황제에게, 악마와 결탁함으로써 주님과 교황님
을 모독했을 뿐만 아니라, 교황님은 황제 폐하께서 대관식 당
일 화형을 당하게 되어 있던 그 강신술사를 사면해 주어 기독
교계에 큰 해를 입힌 사실을 아직도 소상히 기억하고 계시니,
"가슴을 치며 속죄하시고, 이번의 사악한 행운으로 거두신 금
액 중에서 / 약간의 기부금을 즉각 성스러운 교회에 헌납하십
시오!"(10991-10992행)라고 제안한다.

이 장면에서 돈을 밝히던 중세 가톨릭 성직자에 대한 괴테
의 풍자를 읽었다면, 괴테라는 시인을 어느 정도 이해한 독자
라 할 수 있다. 만약 여기서, 어떤 독자가 "교회는 위장이 튼

튼해서 / 온갖 나라들을 다 삼켜도 / 아직 배탈 난 적이 없답니다. / 친애하는 숙녀님들, 교회만이 / 부정한 재산을 소화해낼 수 있습니다"(2836-2840행)라던 제1부의 신부神父를 연상했다면, 그는 지금 괴테의 『파우스트』를 제대로 잘 읽고 있다고 할 수 있겠다. 한편, 퇴장하던 대재상 겸 대주교가 다시 한번 황제에게 되돌아와서 또 다음과 같이 건의한다.

대주교

황공하옵니다, 폐하! 그 악명 높은 자한테

제국의 해안을 하사하셨습니다. 그런데, 만약 폐하

께서 뉘우치시며

거기에다가도 십일조세, 임대료와 헌납금, 수익세

를 부과하셔서

그 일부를 고위 교회 당국에 바치지 않으시면, 그

자는 파문당할 것이옵니다.

황제 (불쾌해하며)

그 땅은 아직 있지도 않아. 바닷속에 잠겨 있잖아!

(11035-11039행)

이 대화에서 비로소 독자는 파우스트가 전공戰功의 대가로 해안 습지濕地를 봉토로 받았음을 알게 될 뿐만 아니라, 또한, 중세 성직자들에 대한 괴테의 풍자가 얼마나 집요한 것인지도 실감하게 될 것이다.

19장

—

행위자 비극

1. 「시야가 확 트인 지역」— 행위자 파우스트의 득죄

이제 드디어 제2부 제5막이 시작되는데, 파우스트가 봉토로 얻어 간척사업을 시작한 해안의 어느 오두막집에 한 방랑자가 찾아온다. 그 청년 방랑자는 몇 년 전에 폭풍 때문에 이 해안에 표류했다가 오두막에 살고 있던 노부부의 친절한 구호를 받은 적이 있었는데, 이제 긴 방랑 생활 끝에 다시 찾아온 것이다. 노부부 필레몬과 바우키스는 청년을 반가이 영접해 준다.

여기서 필레몬과 바우키스라는 이름이 아주 낯설지 않은 이유는 오비디우스의 『변신』 제8권에 나오는 신화적 인물이기 때문이다. 프리기엔의 부유한 시민들은 방랑자로 가장하고 숙식을 청하는 제우스와 헤르메스를 물리쳤지만, 가난한 노부부 필레몬과 바우키스가 둘을 정성껏 대접한다. 화가 난 제우스는 프리기엔을 홍수로 뒤덮어 버렸지만, 노부부의 오막살이를 신전으로 만들고 그들로 하여금 그 신전을 지키도록 한다. 나중에 노부부는 한날한시에 죽게 해 달라는 그들의 소원대로 한날한시에 두 그루 나무가 된다.

　괴테가 여기서 이 신화적 인물들의 이름을 차용한 것은 '경건하고 친절한 노부부'를 등장시킬 필요가 있었기 때문이지만, 제우스와 헤르메스라는 두 신의 등장은 이 맥락에서는 불필요했다. 그래서 괴테는 한 청년 방랑자를 노부부의 방문객으로 설정하고 있는 것이다.

　필레몬과 바우키스가 청년 방랑자에게 저녁 식사를 대접하면서 들려주는 얘기를 들어 보자.

필레몬

우리 집이 있는 이 언덕에서 멀지 않은 곳에서

첫 공사가 시작되어,

임시천막들, 가설 숙소들이 들어섰지요. 그러더니

초지 위에 금방 궁전이 하나 세워지는 겁니다.

바우키스

낮 동안엔 일꾼들이 괜히 소란을 피우며

뚝딱뚝딱 괭이질이며 삽질을 해댔어요.

그런데 그 이튿날 둑 하나가 세워지는 곳은

밤 동안 불꽃들이 피식거리던 곳이었답니다.

밤에 고통스러운 비명이 들렸던 걸 보면,

사람을 제물로 써서 피를 흘리게 한 것이 틀림없어요.

[……]

그 양반[파우스트]은 신도 두려워하지 않는 분 같아요.

우리의 이 오두막과 숲을 탐내는 것을 보면 말이에요.

저런 양반이 이웃으로 뻐기고 있으니,

우린 신하로서 그저 죽어 지낼 수밖에요.

필레몬

하긴 그 양반이 우리에게 제안하긴 했어요,

간척지가 생기면 좋은 땅을 대신 내어 주겠노라고!

바우키스

간척지를 준단 말 믿지 마세요!

당신의 언덕을 지키세요!

(11119~11138행)

노부부가 청년 방랑자에게 전하는 이 내용으로 보아 명백해지는 것은 파우스트가 이미 자신의 봉토에서 해안 간척사업을 시작했다는 것과 그 행위가 경건한 노부부의 눈에는 수상한 사업으로 보일 뿐만 아니라, 그들의 "오두막과 숲을 탐내는" 파우스트가 그들에게는 큰 위협이 되고 있다는 사실이다.

아니나 다를까, 파우스트는 "현명한 뜻으로 행해져 / 백성들에게 넓은 거처를 마련해 준 / 인간 정신의 걸작품을 / 한눈에 내려다보기 위하여"(11247-11250행), 메피스토펠레스에게 언덕 위의 노부부를 이동시키라는 명령을 내리고 만다. 이에, 메피스토펠레스는 마법의 불꽃으로 오두막과 교회와 보리수들을 모두 태워 버리고, 결국 노부부와 그들의 손님은 불길에 타 죽게 된다.

나중에 이 사실을 알게 된 파우스트는 화를 낸다.

> 내가 말할 때 너희는 귀가 먹었더란 말이냐?
> 대토代土해 주려고 한 것이지 강탈하려던 것이 아니었다!
> 경솔하고도 난폭한 짓을 저지르다니!
> 저주할 일이로다! 이 저주는 너희가 나누어 받아야겠다!
>
> (11370-11373행)

사마리아의 왕 아하브가 궁전 옆에 있는 나보테의 포도밭을 빼앗은 것과 비슷한 이 이야기는, 메피스토펠레스의 대사에 따르면, "오래전에 있었던 일이 여기서도 일어난"(11286행) 것인데, 이 사건은 지식인 파우스트가 실천행위의 일환으로서 자신의 눈에는 이상주의적인 사업을 벌였지만, 결국 득죄하게 되는 과정을 명징하게 보여 주고 있다.

언덕 위의 오두막집이 잿더미로 화하고 그 안에서 노부부가 ―청년 방랑자도 함께― 타 죽은 현장을 바라보며 파우스트는 "성급한 명령에 너무 신속한 거행이 뒤따랐음"(11382-11383행)을 뒤늦게야 깨달았지만, 이미 너무 늦은 시점이었다.

여기서 파우스트는 "자신의 성급한 명령"을 자신의 의도와는 달리 거행한 메피스토펠레스를 나무라지만, 이것이 바로 '행위자der Täter'의 —모든 정치인들과 행정 관료들의— 전형적 '득죄 과정'인 것이다. '나는 그런 의도가 아니었는데, 아랫사람들이 일을 그르쳤다'는(이를테면, '행위자' 이승만은 변함없이 애국애족하는 대통령이었는데, 수하였던 이기붕 일당이 나빴다는 식의) 전형적 변명도 바로 이런 상황에서 유래한다. 파우스트가 자신이 이룩해 놓은 업적을 높은 데서 잘 조감鳥瞰하고 싶어서 언덕위의 노부부의 땅을 빼앗으려 한 것은 사실이지만, 그들을 죽이라는 말은 하지 않았다 — 이것이 행위자 파우스트의 변명이다. 하지만, 행위자의 사소한 욕망이 결과적으로는 큰 죄악을 불러오게 되는 것이다. 이 사실을 괴테는 바이마르 궁정에서의 자신의 오랜 정치적 체험을 통하여 너무나도 잘 알고 있었다. 회춘한 파우스트가 '그레첸 비극'에서 결과적으로 그레첸의 어머니와 오빠, 그리고 그레첸과 아기 등 네 명의 생명을 죽이게 되었는데, 제2부에서의 '큰 세계의 탐구'의 일환인 '행위자 비극'에서도 파우스트는 또 필레몬과 바우키스, 그리고 젊은 방랑자 등 세 생명을 죽이게 되는 것이다.

2. 「궁전의 넓은 안마당」

바로 다음 장면인 「한밤중」에서, 파우스트는 자신을 찾아온 '근심의 여인Frau Sorge'에 의해 눈이 멀게 된다. 그럼에도 불구하고 파우스트는 아직까지도 자신의 '위대한 행위'가 완전히 실패한 사실까지는 깨닫지 못한 채, 자신의 '업적'을 완성하고자 한다.

> **파우스트** (문설주를 더듬으면서 궁전에서 나온다.)
> 저 삽질 소리 참 듣기 좋구나!
> 저들은 날 위해 노역을 하는 무리,
> 바다 밑 땅을 간척지로 만들고
> 파도가 못 넘어오도록 한계선을 정하여
> 바다 주위로 튼튼한 제방을 쌓고 있구나!
>
> (11539–11543행)

눈이 먼 파우스트는 메피스토펠레스의 부하들이 파우스트 자신의 무덤을 파고 있는 소리를 간척 공사장의 삽질 소리로 알고 다음과 같이 말한다.

우리네 삶과 마찬가지로 자유란 것도
날마다 쟁취하는 자만 그것을 누릴 자격이 있다.
그래서 여기, 위험에 처해서도,
아이, 어른, 노인 모두가 자신의 유능한 나날을 보내
고 있다.
나는 이렇게 모여 일하는 군중을 보고 싶다,
자유로운 땅 위에서 자유로운 백성들과 더불어 살고
싶다,
그렇다면, 순간을 향해 내 이렇게 말해도 좋으리라,
멈추어라, 너 참 아름답구나!

(11575–11582행)

여기서 파우스트는 드디어 어느 순간을 향하여 "멈추어
라, 너 참 아름답구나!"라는 말을 입밖에 내긴 내고 말았다.

그래서, 이제 모든 것이 악마의 뜻대로 될 것처럼 보인다. 하지만, 파우스트의 이 말은 '접속법接續法[dürfen의 비현실화법인 dürfte(11581행) 참조]'으로 발설되었기 때문에, '악마와의 계약'의 법적 효력은 논란의 여지를 남기며, 파우스트가 어느 순간을 향하여 실제로 "멈추어라, 너 참 아름답구나!"라고 말한 것으로 볼 수 있을 것인지, 그 시비를 가리는 일이 아주 명명백백하지는 않다.

아무튼, 곧이어서 파우스트가 죽자, 메피스토펠레스는 그 부하들에게 공중으로 "파다닥거리고 하늘거리며 날아오르는 것,"(11673행) 즉 '파우스트의 영혼'을 나꿔채라고 명령한다. 하지만, 바로 그때 상공에서 영광이 내리비치며 천사들의 합창대가 내려온다. 그들이 노래를 부르고 장미꽃을 뿌리면서 계속 파우스트의 주위를 맴돌자, 악마의 부하들은 물론 그들을 독려하던 메피스토펠레스조차도 천사들의 아름다움에 매료되어 "오, 가까이들 오너라, 너희들, 단 한 번만이라도 날 봐주렴!"(11777행)하고 천사들에게 잠시 '천박한 욕정gemein Gelüst'과 '허망한 연정absurde Liebschaft'(11838행)을 느꼈고, 그 와중에 그만 파우스트의 영혼을 놓치고 만다. 메피스토펠레스가 정신을 다시 차렸을 때는 파우스트의 영혼은 이미 천사들의 인도를 받아 천상으로 올라가고 있었다.

3. 「심산유곡」─그레첸과 영광의 성모

여기서 특히 유의해야 할 사항은 파우스트의 영혼이 인도되는 장소가 일반적으로 상상되듯이 하느님의 심판석이 아니라는 점이다.

속죄하는 여인 (한때 그레첸이라 불렸던)
　고귀한 정령들의 합창대에 둘러싸인 채
　새로 오시는 저분, 자신을 전혀 의식하지 못하십니다.
　자신의 새로운 생명을 아직은 예감하지 못하고 있지만,
　벌써 성스러운 무리를 닮아 갑니다.
　보세요, 그이가 지상의 온갖 낡은 인연의 끈을
　벗어던지는 모습! 그리고
　천공天空의 기운이 서린 옷자락으로부터는

젊음의 첫 힘이 솟아나고 있네요!

제가 그이를 인도하도록 허락해 주셔요,

그이가 새날의 햇빛에 아직은 눈부셔하고 있으니
까요.

영광의 성모

자, 가자! 더 높은 영역으로 따라 올라오너라!

너 있는 곳 예감하면, 그도 뒤따라올 것이니라.

(12084~12095행)

천사들에 둘러싸여 천공으로 올라오고 있는 파우스트를
인도하고 싶은 그레첸의 간절한 소망을 짐짓 모르는 듯, 영광
의 성모는 그녀를 한층 더 높은 영역으로 데리고 간다.

곧이어서, 『파우스트』의 대미를 장식하는 저 유명한 '신비
의 합창Chorus Mysticus'이 울려 퍼진다.

모든 무상한 것은

한갓 비유일 뿐이다.

이루기 어려운 것이

여기서 사건으로 되고,

형언할 수 없는 일이

여기서 행해졌도다.

영원하고도 여성적인 것이

우리를 이끌어 올리는도다.

(12104–12111행)

우선, 여기서 가장 중요한 것은 "영원하고도 여성적인 것 das Ewig-Weibliche"의 정확한 해석인데, 형용사 두 개가 각각 명사화된 '영원한 것'과 '여성적인 것'이라는 두 명사가 다시 복합명사가 된 셈인데, 괴테의 이 개념을 '영원히 여성적인 것'이라고 번역한다면, '영원한 것'을 '영원히'라는 부사로 해석해서 '여성적인'이라는 형용사에 붙였기 때문에 미묘한 부분적 오역이 될 것이다. 이 '영원성 및 여성성'이라는 괴테의 개념을 확실히 설명한다는 것 자체가 정말 '영원한 숙제'이다.

그럼에도 불구하고, '영원성'과 '여성성'을 복합명사로 만든 것임은 틀림없으니, 그 해석은 늘 '영원성 및 여성성'을 휩싸고 돌고 있는 그 어떤 지고한 추상명사일 터이다. 괴테는 불완전한 남성보다도 여성을 보다 완전성에 가까운 인간으로 생각한 것으로 보인다. 후세를 낳는 것도, 인류의 미래를 이어가는 것도 여성이다. 더욱이 영광의 성모와 '속죄하는 여인' 그레첸은 온갖 고통을 다 겪고 나서 마침내 영광의 자리에 오른 지고지순한 여성의 상징으로서 그녀들의 '여성성'은 파우스트와 같은 죄인을 용서할 수 있는 '은총Gnade'을 품고 있다.

기독교에서는 하느님의 '은총'을 받는 것이 곧 '구원'이다. 그런데, 괴테는 정통 기독교 교리대로 파우스트를 하느님 앞의 심판대에 세우지 않고 영광의 성모에게로 인도하면서, 그에게 성모와 그레첸이라는 두 여성의 은총이 내릴 것을 예고하고만 있다. 평소 기독교 교회와 그 성직자들의 독선적 행위에 대해 가차 없는 비판을 가하면서도 크게는 늘 기독교적 테두리 안에 머무른 괴테의 폭넓은 종교관도 엿보이는 대목이라 하겠다. 독일의 학자에 따라서는 괴테를 오리게네스Origenes (185-253)와 비슷하게 정통 교리를 다소 벗어난 기독교 신자로 간주하기도 하지만, 어쨌든 『파우스트』의 이러한 독특한 종교적 결말은 교조적이지 않고 상당히 보편적이고도 자유롭다.

『파우스트』의 이런 종교적 결말에서는 심지어 약간 불교적 색조까지도 감지된다. 이를테면, 파우스트의 '불멸의 것 Faustens Unsterbliches, 영혼'(11824행 아래의 지문 참조)을 일종의 인광燐光 소자素子 비슷하게 묘사한 것은 불교에서 아뢰야식阿賴耶識을 설명하는 것과 비슷하다 할 것이며, 파우스트가 죽어서 그 영혼이 천공의 여러 단계를 거쳐 올라가고 있는 「심산유곡」의 묘사는 불교에서 영가靈駕가 사왕천四王天·도리천忉利天·야마천夜摩天·제석천帝釋天 등 여러 천天을 오르는 단계를 연상시키기도 한다. 또한, '신비의 합창'에 나오는 "모든 무상한 것은 / 한갓 비유일 뿐이다"(12104-12105행)라는 시구의 '무상無常'도 원래는 불교적인 용어이기도 하며, "형언할 수 없는 일이 / 여기서 행해졌도다"(12108-12109행)라는 시행의 '형언할 수 없는 일'은 불교에서 운위되는 '언어도단言語道斷'의 경지를 연상시킨다. 그만큼 괴테는 파우스트 전설에서 제기되고 있는 파우스트의 기독교적 '지옥행'을 어느 정도 지양하여, 인간의 죄책과 그 극복 및 구원의 과정을 보다 설득력 있는 인류보편적 종교성을 통해 제시하고자 했던 것으로 보인다.

20장

—

아, 파우스트, 너도 결국 한 인간이었구나!

지금까지 괴테의 『파우스트』는 일반적으로 '삶의 영원한 가치'를 찾아내기 위해 끊임없이 노력하는 독일적 인간의 전형으로 해석되어 왔다. 그래서, '파우스트적 인간형'이라 하면, 인생의 의미에 대한 철학적 탐구를 그치지 않으면서, 그의미와 가치를 지키기 위해 만난을 무릅쓰고 꾸준히 노력하는 인간 유형을 나타내는 기호로도 통해 왔다.

그러나, 작품 해석은 어느 한 방향으로 고정된 불변의 항수가 아니라, 시대와 해석자, 그리고 독자에 따라 달라지기 마련이다.

독일에서 제기되는 한량없는 새 해석들은 차치하고라도, 이제는 우리 한국 독문학계에서도 괴테의 『파우스트』에 대한 새로운 해석이 시도되고 있다. 이를테면, 『파우스트』의 주요 역자(요한 볼프강 폰 괴테, 『파우스트─한 편의 비극』 1, 2, 김수용 옮김, 책세상, 2006)이기도 한 김수용 교수는 파우스트를 신 중심의 중세에서 해방되어 계몽주의적, 인본주의적 현대에 들어선 새 인간으로 보고 있으며, 괴테가 이 파우스트라는 새 인간의 "이상적 공동체 건설의 꿈을 여러 측면에서 비판적으로 본 것은" 그의 계획이 "'유일한' 목적으로 '절대화'되어서는 안 된다"고 생각했기 때문이라고 쓰고 있다. 김 교수의 말에 따른다면, 파우스트의 계획은 "인류가 가질 수 있는 많은 이상적 목적 중의 하나로 '상대화'되어야 한다는 것"이 괴테의 생각이라는 것이다.(김수용, 같은 책 2, 793쪽)

김수용 교수의 이런 생각은 기독교적 신 중심의 세계였던 서구의 중세로부터 계몽주의적 해방을 거쳐 현대에 이르기까지의 서양 철학의 흐름에다 괴테의 사유와 그의 인물 파우스트를 띄워서 생각해 본 탁월한 견해로서 상당한 타당성을 지니고 있다.

필자는 김 교수의 이런 거시적, 철학사적 견해를 존중하지만, 필자가 보기에는 이런 해석은 서양 철학사에 비교적 무감각한 현재 우리 한국 독자들을 위해서는 아직은 너무 사변적·고답적이라 하겠으며, 한국 독자들의 실감과 감동을 얻을 수 있는 해석이 따로 필요하다는 생각이다. 그래서 필자는 괴테의 『파우스트』가 괴테라는 인물의 인생 체험과 거기에 따른 괴테 자신의 자기비판의 소산이라고 말하고 싶다.

'학자 비극'만 보더라도, 비록 그 원상이 파우스트 전설에 이미 나와 있다 하더라도, 청년 괴테의 대학 시절의 체험이 많이 녹아들어 있다(예: 「라이프치히의 아우어바흐 지하술집」 장면과 「서재」에서 메피스토펠레스가 학생을 면담하는 장면 등). 또한, '그레첸 비극'은 제젠하임의 목사의 딸 프리데리케 브리온에 대한 청년 괴테의 사랑의 체험과 그런 상황으로부터 발을 빼 달아난 자신의 젊은 시절의 죄과에 대한 반성, 그리고 '폭풍우와 돌진' 시대의 '시민비극적 상황' 인식 등이 잘 녹아들어 있다 하겠다. '헬레나 비극'이 괴테의 고대문화 연구의 결실일 뿐만 아니라, 바이마르 고전주의의 주역으로서의 그의 예술가적 영광과 고뇌의 산물임은 말할 것도 없다.

특히, '행위자 비극'에서 파우스트가 자신의 유토피아를 실현하기 위하여, '그레첸 비극'에서와 마찬가지로 또다시 세 생명(필레몬과 바우키스, 그리고 청년 방랑자)을 희생하게 되는 것은, 그것이 비록 그의 직접적 죄행은 아니었다 하더라도, 모든 정치적, 사회적 행위라는 것이 필연적으로 죄책을 수반하게 된다는 사실을 약여하게 보여 주고 있는데, 여기서도 바이마르 궁정에서의 정치가 괴테의 인생 체험이 녹아들어 있다고 보지 않을 수 없다. 우리는 바이마르 궁정에서 '행위자'로서 활동한 괴테가 구체적으로 어떤 '득죄 과정'을 거쳤는지 뚜렷이 제시할 수는 없다. 괴테라는 불멸의 '관광 자원'을 잘 관리해야 하는 바이마르라는 도시는 인간 괴테의 약점을 들추어내는 것을 극도로 꺼리지만, 아마도 괴테가 바이마르에서의 자신의 노력과 헌신에도 불구하고 본의 아니게 많은 간접적인 실책과 죄책감을 경험했을 것임은 누구나 상상해 볼 수 있을 것이다. 그런 뼈아픈 실제 체험이 없고서야 괴테가 어찌 이와 같은 '행위자 비극'을 쓸 수 있었을 것인가 말이다.

요컨대, 괴테는 일생에 걸친 자기 체험과 거기서 생긴 죄업과 자기반성을 파우스트라는 인물에다 투영하였고, 그 결과 이 파우스트가 결국 인간의 삶에서의 영광과 치욕을 함께 다 보여 주는 것이다. 괴테는 이 세상의 그 어떤 삶도 완전무결할 수 없음을 깨달았을 것이다. 어떤 인간도 다시 중세적 신이 될 수 없으며, 또 되어서도 안 된다는 사실, 이 점을 괴테는 뼈저리게 인식하고, 『파우스트』라는 불멸의 '인생독본'을 남긴 것이다. 바로 이 인식의 순간, 독자는 문득 악마 메피스토펠레스라는 인물 역시 한 인간 파우스트의 마음속에 늘 함께 있고, 파우스트가 자기 자신과 다투고 그러다가 또 타협해 나가는 그의 분신에 다름 아닐 것이라는 깨달음에 도달할 수도 있을 것이다. 결국 『파우스트』의 독자는 이렇게 말할 수 있으리라 ― '아, 파우스트, 너도 결국 한 인간이었구나! 아, 괴테여, 그대는 파우스트의 인간적 면모를 보여 줌으로써 위대한 시인이 되었구나!'

이렇게, 괴테는 미래의 인류를 위해, 자신을 '상대화'해서 보여 줄 줄 알았던 탁월한 현대적 인간이었다. 파우스트가 '영원성 및 여성성'에서 '은총'과 '구원'을 얻는다는 것은 물론 하나의 장엄한 비유이며, 위대한 시인 괴테야말로 진정 거기서 '구원'을 희구했을 것이다.   (끝)

세창명저산책

· 세창명저산책은 계속 이어집니다.